第三个女人

[日] 夏树静子 著

曹逸冰 译

目录

第三个女人 ——————

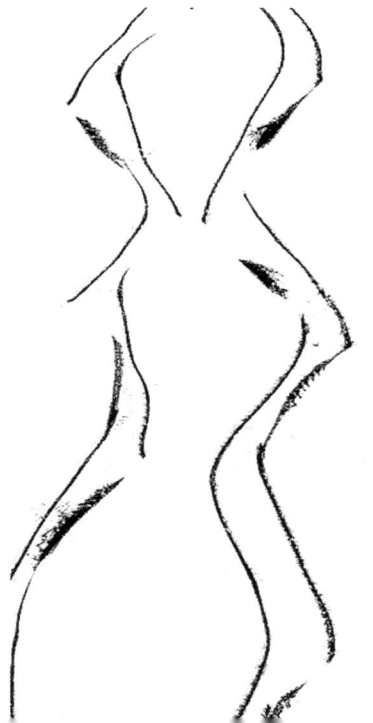

秋日风暴 _001

抉择之时 _021

音信 _033

访客 _049

翠景 _063

目标 _081

沙漏 _111

倩影 _123

蓝宝石水貂 _141

追查 _159

明信片 _171

重逢 _185

交集 _205

岸边 _227

解说 深野治 _257

第三个女人　————————　だいさんのおんな

秋日风暴

在这个女人身边时，他仿佛会一点点地变成另一个人。

教堂惆怅的晚钟穿越森林而来，袅绕于耳底。钟声的余韵终于消散时，大湖感到起风了。因为被散发着褐色光亮的粗柱和横梁包围的法式窗户嘎吱作响，系在两侧的葛布兰织锦窗帘也在微微摇晃。

将盛有餐后酒卡尔瓦多斯白兰地的杯子放在脚边的矮圆桌上，缓缓落座时，他又听到了暗藏雄浑力量的风撼动窗户的声响。

路易王朝风格的酒廊灯光昏暗。透过窗户，酒店的中庭和刺桂树篱外的石板村路尽收眼底。小麦地和葡萄园的另一头，便是枫丹白露森林的一角。

屋外几乎已被夜幕笼罩，但还能依稀辨认出远处的森林和尖顶点缀的村落轮廓。

巴黎东南部这片以动人的红叶著称的森林也已改头换面，放眼望去尽是秃树和针叶树，好不萧瑟。轮廓模糊的浅褐色小团许是七叶树与菩提树。其余的便是冷杉、紫杉和柏树簇生而成的暗绿色，带了点扎眼的黑。

宽阔缓坡上的农田，也早已化作枯叶色的草原。

阴郁的西欧冬日近在眼前……

这座老酒店的中庭倒还有三四棵七叶树挂着些没脱落的大树叶。但今晚的风一起，怕是也会落个精光。

事实摆在眼前。每当窗玻璃摇晃时，都能看到无数枯叶舞上半空，随即散落在庭院各处。有的落在无人问津的白铁桌和长椅上，有的落在似已被闲置多时的户外灶台的砖头上。

"你要是再早来个两三天，就能饱览法兰西岛的秋景了。天气从前天开始就不太对劲了，气温骤降，而且每晚都猛刮东北风不是吗？有种一夜之间换了季的感觉呢。"

直到此刻，大湖才想起在学术会议上结识的巴黎大学年轻讲师说过的话。

"法国的气候就是这副德行，一两天的工夫就从秋天冲进冬天也是常有的事……"

他还补充道，今年的气候特别反常，天气变化多端。

明明才十月中旬，巴黎却跟十二月的日本一般寒冷，这让大湖险些打消去郊区的念头。谁知今天一早，天气重归闷热，毛衣下不时冒出汗来，他便还是下决心去了趟巴比松。米勒[1]、柯罗[2]

---

[1] 让-弗朗索瓦·米勒（Jean-François Millet, 1814—1875）：巴比松派画家，以写实手法描绘的乡村风俗画闻名法国画坛。——如无特殊说明，本书脚注均为译者注

[2] 让-巴蒂斯特·卡米耶·柯罗（Jean Baptiste Camille Corot, 1796—1875）：同属巴比松派，19世纪最出色的抒情风景画家。

和库尔贝[1]等十九世纪自然主义画家，也就是所谓的"巴比松派"画家定居的小村庄，还有那广阔的枫丹白露森林，早在十多年前就已经在他的内心世界刻下了近乎乡愁的温和阴影。当年他还任职于家乡的大学，有幸于巴比松逗留片刻。那是只属于他的"孟特芳丹的回忆[2]"，描画于心灵的画布之上。

那次来访时，他住了一家神似寻常农舍的酒店，还在露台上用了午餐。本想故地重游，却没能找到，便另选了一家更庄重，却也更具乡土气息的拱顶[3]酒店。

"尚塔尔公馆"这个名字似乎有些耳熟。粗大的木梁自白墙探出头来，脚下爬满常春藤的建筑是餐厅，酒店则像是餐厅的附属。拱顶后方的酒店采用厚重的哥特式风格，不过更吸引大湖的是建在一旁的酒窖。酒窖灯光昏暗，圆锥形的屋顶用石头或砖块砌成，古色古香，地下许是塞满了勃艮第葡萄酒，很是契合深秋的田园风光。这里自成一个小世界，仿佛是在卢梭[4]的乡村风景中添加了库尔贝《西庸城堡》的一部分……

能不能透过酒廊的窗户看到尖顶？大湖稍稍耸肩缩背，奈何窗外已在转瞬间没入迟暮，窗框圈出的视野已被刷成一片浓灰。

他望着那抹暗色心想，与其说是夜色降临，倒不如说是乌云骤然蔓延。平时星光点点的天空没有一丝光亮，灰到发黑，只能

---

[1] 古斯塔夫·库尔贝（Gustave Courbet，1819—1877）：法国现实主义画派的创始人。

[2] 柯罗的代表作。

[3] 原文为"ブートル造り"，查无此词，疑为 voûte。

[4] 亨利·朱利安·费利克斯·卢梭（Henri Julien Félix Rousseau，1844—1910）：法国后印象派画家，以纯真、原始的风格著称。

勉强分辨出浓淡，似有旋涡自深处翻滚而起。

恰在此时，豆大的雨滴打在窗玻璃上。风也在咆哮。不合时节的秋日风暴突如其来。

本想在晚饭后再出门散个步，看这架势只能作罢了……他再一次将卡尔瓦多斯白兰地举到嘴边，如此想道。

算了，谁让天公不作美呢。反正天好像也凉了些。

他伸长双腿，靠上椅背。浓烈醇香的餐后酒好似带着解放的快感，从食道滋蔓到胃里的角角落落。

学术会议在昨天落下了帷幕，明天仅剩的日程就是坐下午的飞机回国。在那之前，他怎么打发时间都无妨。

被拘在这样一座透着股落寞的酒店里，反而会觉得时间流逝得格外慢，回日本的时间也相应延后了，直教人松一口气。

各种鸡零狗碎的痛苦与欲求不满，外加不时涌来的危机感……不难想象，在回到日本、回归日常生活的那一刹那，那些郁闷的情绪便会立即在胸口蔓延开来，令他皱眉蹙眼。

至少在这一刻，先将它们抛在脑后吧。

不，其实有个问题需要他趁此机会深思熟虑，痛下决心……

思绪有些散乱，许是酒精作祟。

风雨愈发激烈，不断撼动着窗玻璃。窗外几乎一片漆黑。风暴在建筑之外喧嚣不止。那响声像极了昔日的广播效果音，略显夸张，却也无比纯粹。

脚下微凉。

大湖稍稍起身，用微醺的目光环顾四周。

略带朱红色的灯光透过水晶吊灯折射出来，洒满室内。此处的静谧与户外对比鲜明。墙上贴着暗淡的天鹅绒，配以马赛克壁炉。壁炉上方摆着些稍带霉味的装饰品，包括中世纪风格的铁头盔、白发碧眼的老旧洋娃娃和烛台。

房间不算大，也确实弥漫着独特的霉味，但其中似乎夹杂着高档香水的香味，许是娇兰之类的牌子。

想必这栋房子仍是打猎用的别墅时，也曾有过炉火熊熊燃烧、戴着层层项链的女士们莺声燕语的夜晚……

大湖莫名地将香水味与项链联系起来。

如今，这间酒廊位于餐厅和酒店交界处的二层，两边的客人好像都可以随意进出。餐厅满座时的等候区设在大堂旁边，所以这个房间专供餐后歇息的客人使用。

然而，今晚不是星期天，而且酒店的住客好像也少得可怜，许是料到了这异乎寻常的天气。餐厅的客人也纷纷在用餐结束后驱车离开。

刹那间，犀利的光芒一闪而过。紧接着，隆隆雷声响彻屋外。与此同时，房中的某处似乎有人被吓得倒吸了一口气。

雷声也把大湖吓了一跳，不过"意识到这间酒廊里还有别人"更令他猝不及防，心头一跳。也不知为何，从走进酒廊的那一刻起，他便认定房中就只有自己一个人。

回过神来他才发现，更靠近窗户的一张桌子上分明摆着意式浓缩咖啡专用的小杯子。只不过片刻前，他还以为那不过是酒廊里的一件装饰品。

桌前摆着高背扶手椅。扶手椅下方露出少许鞋尖，是一双光亮的灰色高跟鞋。

有个女人坐在那把椅子上。

她似乎没有同伴。因为桌上只有一杯咖啡，也没听到说话声。

大湖稍稍伸长脖子，穿着高跟鞋的脚便映入眼帘。那双脚裹着深色丝袜，没有一丝赘肉，宛若纤细的雕塑。腿部线条优美流畅，绝非普通日本人可比。

即便如此，大湖仍心生一念：她是不是日本人？因为她的双臂搭在椅子的扶手上，袖子用了黑色乔其纱模样的柔软布料，半透明的水栅红叶图案闪着微光，颇有和服的风韵。

在巴黎和巴黎近郊遇到日本人并不稀奇，大湖却还是在少许好奇心的驱使下站起身来。

视野中出现了披着咖啡棕色柔顺长发的肩膀，外加白皙额头的一部分。

又是一阵电闪雷鸣，动静似乎比刚才又近了几分。这一回，他清楚地听到了她的轻声尖叫。

大湖坐回原处，不禁面露微笑。刚察觉到她的存在时，他还有些毛骨悚然，不过这位安静的神秘女士似乎害怕打雷。而且他注意到放置咖啡杯的桌边扣着一册文库本，还瞥见了封面上的日语铅字。

"别怕"——本想如此上前安慰，但为保险起见，他还是客气地问了一句："Vous êtes Japonais？（您是日本人吗？）"

"您也是？"片刻后，低哑的女声传来。

"是啊。"大湖苦笑。他的法语着实不算流利，对方许是一下子就听了出来。"让您见笑了，我也是才发现屋里还坐着个人……您一直都坐在那儿吗？"

大湖发问时仍没能看到对方的脸。由于这个发现实在意外，他竟生出了奇妙的畏缩，只觉得立刻和对方面对面多有冒昧。明明没有说出口，却有种无意间敞开心扉，以至于被人读取了内心深处的感觉，甚至略感狼狈。

她一声不吭，但似乎是对大湖的问题给出了肯定的回答。

"您已经用过晚餐了？"

"嗯。"

"……就您一人？"

对方再次沉默，却也没有否认。

"早就听说这家店的蜗牛和鸡比较出名，那道红酒炖鸡确实做得风味浓郁。"

所谓"红酒炖鸡"，就是用葡萄酒慢炖法国南部平原饲养的鸡。这是一道经典的勃艮第菜，也是尚塔尔餐厅的招牌。

"我倒更喜欢那道生火腿。"

她轻描淡写道。

"哦，以绿霉镶边确实用心独到。还有那道奶酪……"

主菜上完之后，侍者又端来了奶酪拼盘。卡芒贝尔这样的软奶酪居多，也有棒状的硬奶酪、裹着黑霉的山羊奶酪、橙色的利瓦罗奶酪……足有十多种，满满当当一整盘。大湖本已酒足饭饱，却还是抵挡不住眼前的诱惑，切着尝了好几块，以至于餐后甜点苹果派都只吃下了一口。

"都说在法国下馆子，单看奶酪就能判断出一家餐馆的味道和品质呢。"

女人的声音第一次透出盈盈笑意。

关于食物的话题似乎总能起到缓和气氛的作用。对方确实是孤身一人,而且在这间酒廊里,也不可能再出现第三个人了。

大湖挪动上半身,像是要慢慢呼出不知不觉中攒在胸中的气息。

"不过我是真的吃了一惊,直到刚才都没发现有人坐在那里……因为您太安静了。"

"我也没注意到您。您进来的时候,我刚好在看书……而且您也没弄出一点动静呀。"

这一回,沙哑的声音里多了几分揶揄之意。

"倒也不是故意的……只是在琢磨一件事罢了。"他忽然生出了装腔作势的劲头,如此回答道。

"……"

"哦……我就是觉得'尚塔尔公馆'这个店名好像在哪儿听过,却愣是想不起来……"

"大概是——莫泊桑吧。"

"啊……对了!是《珍珠小姐》[1]!"

"收养了弃婴珍珠的那户人家,好像就姓尚塔尔。"

"是的,没错。"

珍珠小姐在一个大雪纷飞的夜晚被尚塔尔家捡了回去。她深爱着三少爷,却一直守口如瓶。三少爷也对珍珠小姐一往情深,却从未吐露过一个字,最终与未婚妻完婚。直到许多年后的某天夜里,两人才似洪水决堤一般,向共同的朋友透露了尘封于心底

---

[1] 莫泊桑的短篇小说。

的秘密。"转瞬即逝的、神圣的陶醉和疯狂的感觉[1]……"这样的描写也令学生时代的大湖如痴如醉……

先前有项链莫名其妙浮现在脑海中,想必也是无意识的联想。

大湖又喝了一口卡尔瓦多斯白兰地,朝气勃发的兴奋感涌上心头。忽然,他竟对这个还未曾谋面的女人产生了亲切感。

"您也是一个人来逛巴比松村?"

"嗯,只是昨天感冒了,喉咙疼得要命,所以哪儿也没去,打算在这儿休息一会儿。"

"您住在巴黎的酒店?"

"对。"

"那回程怕是有些麻烦啊。"

"我有车……不过雨这么大,一时半刻也走不了。"

口吻很是随意。看来她觉得在这里和大湖闲聊片刻也不错。

大湖拿着酒杯站了起来,走到能看到她的位置仿佛已是顺理成章之举。

谁知在他迈开步子的刹那,又一道闪电划过天际。与此同时,吊灯的灯泡全部熄灭。

雷鸣扫过几乎伸手不见五指的酒廊。

大湖踌躇片刻,随即用脚蹭着厚地毯向前走去。许是这一带

---

[1] 摘自《莫泊桑中短篇小说选》(人民文学出版社2020年版),《珍珠小姐》的最后一段:也许这短暂的亲近会在他们身上激起从未领味过的震颤,向这些苏醒片刻的人身上注入转瞬即逝的、神圣的陶醉和疯狂的感觉;而这种陶醉,这种疯狂,在一阵战栗间赋予情人们的幸福,可能比其他人一辈子所获得的还要多呢!

都停电了，窗口也不见一丝光亮。房间里黑得连桌椅的轮廓都难以分辨。

他摸黑找到了她斜前方的一把椅子。然而坐下之后，他才意识到自己离她非常近。片刻前在空气深处闻到的娇兰香水味，此刻正飘荡在自己身边。她的气息也扑上了大湖的脸颊。两者都是甜美中带着落寞，洋溢着不可思议的高贵。他用手掌拂过桌面，放下酒杯时，手指轻轻擦到了她的手肘。薄布之下的纤纤玉臂，在大湖心中留下一抹酥麻。

"真巧……"他如此嘟囔道，似是为了掩饰不同于方才的紧张，"偏偏在这种时候停电了……不过我们本就是萍水相逢的陌生人，无论发生什么事，大概都算不上巧合。但我还是能体会到巧合的存在，而且还是千载难逢的珍贵巧合……"

"还记得某本书里提过，莫泊桑最喜欢的题材就是水边、巧合和悲观主义。"

"悲观主义啊……"

这个词语似乎勾起了他内心深处的忧愁。他对地位、名誉和家庭的稳定有着世俗的渴望，却也有与之相悖的，不顾一切逞英雄的正义感。他更有诗人般的灵魂，以像远眺车窗外的风景似的冷眼审视一切，寻求更纯粹、更永恒的东西。他早已意识到，三者共存于自己心中。长久以来，三者保持着一触即溃的微妙平衡。但无论精神为哪种情绪主宰，淡淡笼罩其上的不都是对人生的悲观主义吗？

"我总觉得悲观主义者比乐观主义者更糟糕，也不知是为什么……"

"嗯，也许是因为他们暗藏着突然爆发的危险吧。比如某一天，你突然不再相信事情会有转机，无法自持，于是狗急跳墙……"

"哦……"

他再次产生被人说中心事的感觉。也许自己已处于这种状态的边缘。而且他无法向任何人倾诉愤懑的分毫。不幸的是，他身边没有一个朋友能准确理解他的感受。妻子是个好女人，却不是他的朋友。

但此时此刻……他竟有种内心世界自然而然地融化，正要脱口而出的失控感，着实不可思议。说不定，温柔的黑暗和陌生女人的甜美体味会包裹住他，像速效麻醉剂一样让他平静下来。

在这个女人身边时，他仿佛会一点点地变成另一个人。抑或是……真我渐渐显露？

电路怕是要修上一阵子了。房间内外还是不见灯光，唯有狂风与大雨不止。楼下偶有动静传来，但好像没有客人吵闹抱怨。这里毕竟不是日本，欧洲乡村特有的从容体现得淋漓尽致。

"唉，要是能把心底的郁闷和哑弹似的情绪通通发泄出来，说不定还能再乐观那么一点点……"

他怀着微醺的心境喃喃道。但今天的醉法，似乎与平时略有不同。

"也许还能……有所解脱。"

声音里的忧愁让他心头一凛。莫非……她也有心事？

这不是显而易见的吗？直到此刻，他才耻笑起自己的粗心大意。她如此年轻，又有教养，长相应该也是美丽动人，怎会无缘无故在一个阴沉的深秋之夜独自逗留在巴黎郊外……

"恕我冒昧……请问您是从哪里来的？"

"东京。"

"一个人出来的？"

"是的。"

"来法国有一阵子了？"

"到今天刚好一星期。"

"打算什么时候回国？"

"不知道……没定。"

她用随意却好似吟唱的语气喃喃道。

"肯定是遇到了什么复杂的问题吧。"

"不，简单得很。"她换回揶揄的口吻，甚至带了几分自嘲。

"……简单？"

"嗯，不过您要是听了，也许会鄙夷不屑。"

"不会吧……"

就在这时，敲门声传来。昏黄的亮光随之潜入房中。

"暂时来不了电"——高亢的法语似乎是这么说的。大湖的法语没有好到能准确听懂的程度，但也猜了个八九不离十。所以酒店老板娘才送来了蜡烛。

"用不着。"椅子上的女人用慵懒的法语回答道。大湖略感惊讶，但下一秒便意识到，这也是他想要的。正是这片看不到对方长相的黑暗发挥了难以置信的作用，解放了她和自己的内心。

不等摇曳的光团靠近，他便摆了摆手。老板娘只是面无表情地点了两三下头，随即关门离去。

大湖默默等待。他有一种预感，那个拒绝烛光的女人定会说些什么。

沉默久久不散。想让她一吐为快的冲动涌上大湖的心头。也许是冲动过于强烈，以至于化作预感。不，也许她只需要一个小小的契机——？

"您所谓的简单是指——"

大湖才说了半句，她便深吸一口气。

"我的欲望说来简单，不过就是杀掉某个女人罢了。"

喉头略显哽咽，语气却出奇地平静。

"这两年来，我满脑子都是这个念头，却迟迟没有付诸实践。不知是没有勇气，还是没有机会……但这两个因素都不是决定性的，所以我一定会在不久的未来动手。"

莫名的感动和愈发灼热的好奇心扑向大湖。

"为什么非要杀掉那个女人不可？"

"因为她就不该活着。她心冷如冰，傲慢自负……正是这份傲慢，让她在两年前杀害了一个人。从那天起，我不停地告诫自己，必须杀了她……"

说得越多，女人的声音就越稳静。这反倒让大湖体味到了难以言喻的深沉哀伤与怨念。

"您很爱那个被害死的人吧。"

代替回答传入耳中的，是微不可闻的叹息。

"可……警察难道就没有——"

"警方也尽力调查过了，就是找不到指向他杀的确凿证据。但我一清二楚。"

"那您为什么不去告发她呢？"

"因为……她没留下物证。我的情感也无法接受这样的解决办法。也许我是中了她的诅咒。我的心无处可逃,除非她死。"

这一回,喟然长叹的人换成了大湖。

"我也一样……"不知不觉中,他叹着气喃喃自语。

"……啊?"她似乎有些讶异。

她是不是在编故事?——疑念在大湖的脑海中一闪而过,但他就是想一泄心头的愤懑,哪怕只是受了谎言的刺激。

"我也一样啊。听了你的话,我才意识到……不,也许我早就察觉到了……我也梦到过好几次杀死他的景象……发自心底地盼着他死。杀掉他,也许是我仅剩的活路……"

"他是谁?"

她如此反问,语气比讲述自己的故事时更显急切。

"教授。我跟他在同一所大学的同一个系……"

"那……你是副教授?"

"嗯,所以他算我的领导吧。"

"心肠很黑?"

"说白了就是个缺德教授。'象牙塔并不纯粹'这话,说的就是他那种人。"

大湖不禁咬牙切齿,下巴发颤。

"他做了什么?"她问得直截了当。

"简而言之,他与某家公司暗中勾结,企图掩盖他们的重大过失。有近二十个孩子因为吃了那家公司生产的零食得了癌症。孩子们大多家境贫寒,家长们不得不在水深火热之中争取赔偿。天知道还有多少个孩子和他们的家庭要遭受同样的痛苦……负责分析调查那款零食的教授却和商家串通一气，上报了虚假的分析结果，帮他们逃脱罪责！"

"天哪……受害者们就不能找另一所大学介入调查吗？"

"我们是当地最权威的国立大学。周边几所学校的卫生学教授也都是他的人。受害者又没本事闹到东京或大阪。毕竟请专家做分析，也得有关系和门路才行。如果媒体争相报道，倒还有一线希望，可惜教授有权有势，在本地政坛和媒体界都吃得开。再加上受害者还不是很多，也摸不清实际情况。"

"……"

"我当然找教授抗议过，还不止一次。我明确指出那款零食可能含有某种强致癌物。结果他立即动了赶我走的心思，极力推荐我调去阿拉斯加乡下小镇的大学当副教授。说什么'那边没有正教授，你去了就能享受教授的待遇'……我要是不答应，他完全有可能用更强硬的手段逼我去。虽说和前些年相比，我们这种人的身份地位已经稳固了不少，但大学里仍是教授一手遮天。下面的人是死是活，是好是坏，都在教授的一念之间。"

风暴似乎正在走向平息。雷声已然远去，许是对切断了这一带的电源感到心满意足。雨滴敲打玻璃的响声也愈发稀疏了。唯有风的咆哮仍在远处回响，反衬出了室内的寂静。

"小小年纪就得了癌症，听着都让人心碎……"她用噙着泪的声音喃喃道，"我认识一个可爱的小女孩，以前常给她上法语课。大概五年前吧，她得癌症死了。她痛得大哭大喊的声音，仿佛还萦绕在我耳畔……"

她冲动地啜泣起来。

"那你肯定能理解我的感受,明白我为什么想杀了他。人有万千罪孽,但最不可饶恕的莫过于折磨天真可爱的孩子——《卡拉马佐夫兄弟》里不是有一段伊凡和阿辽沙探讨上帝的情节吗?阿辽沙是无比虔诚的修士,但当伊凡质问他该如何惩罚那些残酷虐杀纯真孩童的人时,阿辽沙脱口而出的是'枪毙'二字!没错。这个世界上,确实存在一些绝对不可饶恕的人。"

"确实如你所说。但'不饶恕'需要很大的勇气,不是吗?"

勇气……也许这正是大湖此刻最怕听到的字眼。

"都忘了吧!"

大湖不顾一切地摸向对面那把椅子的扶手,隔着乔其纱紧紧握住那纤细而温暖的手臂。

"至少在此刻,将那些事通通抛在脑后。"

她的另一只手覆上大湖的手背。他将头埋在自己的双臂之间。娇兰的香味不断刺激着他,让他如痴如狂。

"我现在只想要你……"他脱口而出。双臂再往前伸,搂住那曲线诱人的躯体。

他本想拉她入怀,她却灵巧地转过身去,背对着他,飘然落在他的膝头。

他把下巴搁在她的肩上,向前探去。她也扭过头来。一片漆黑中,他们毫不犹豫地搜寻着对方的嘴唇。她的唇薄而湿润,同样散发着高贵的香气。

唇瓣尚未分离,他便毅然拉下了她背上的拉链,自后方扣住她的双峰。洋溢着青春活力的弹性反馈到掌中。

乔其纱连衣裙与用肩带固定的内衣一齐滑落。可爱的耳垂,耳垂上的小孔应该是用来戴耳环的……还有脖颈……嘴唇游走于光滑的肌肤。他已几乎攀上了恍惚的瞬间。而且他相信，她也会自然而然接纳自己。转瞬即逝的、神圣的陶醉和疯狂的感觉……莫泊桑的描写在大湖的脑海中一闪而过。

一切宛若行云流水，畅快得不可思议。
高度凝缩的忘我时刻——
神秘而奇妙的一体感……

两人的呼吸平息下来时，风暴也已偃旗息鼓，至高的静谧填满酒廊。大湖沉浸在错觉之中，仿佛她和自己变成了一尊雕像。

片刻后，她在他膝头迅速整好衣衫，并在他的帮助下坐回了先前那把扶手椅。

也不知过了多久。

"告诉我。"

她静静地开了口。紧随其后的问题，却含着前所未有的毅然。

"折磨你的黑心教授是哪所大学的？叫什么名字？"

"福冈市国立Ｊ大学的卫生学教授，吉见昭臣。"

大湖如实相告。因为他觉得随口敷衍就是自欺欺人。紧接着，他也问道：

"你恨得想痛下杀手的那个女人叫什么——？"

"永原翠。箱根湖尻有座翠景酒店，她是酒店老板的大女儿。"

"那你呢？——说说你自己吧。"

"我叫……鲛岛史子。"

她拉过大湖的手,在他掌心描出"史子"二字。

"我一个人住在东京。平时在家做些翻译的工作,星期二和星期五下午外出坐班,六点下班回家。"

大湖有无数疑问,但他意识到应该先介绍一下自己。

"我叫大湖浩平,家住福冈,在刚才提到的那所大学……"

她的指尖忽然按上他的嘴唇。

"别说了。什么都别说了。即便你什么都不提,我也是天底下最理解你的人。因为你向我敞开了最隐秘的心底。我对你也一样。相较之下,别的都微不足道——趁着还没看到对方的脸,就此别过吧。"

她的呢喃突然换成了成熟而饱含笑意的声音,仿佛一位教育幼子的母亲。

"但以后要是再……"

"我们在今晚有了美妙的邂逅,不是吗?在这个夜晚,在这间酒廊里,突然降临在我们身上的一切……如此奇遇,恐怕不会再有第二次了。不,如果我们能在巴黎、东京或别处重逢,那该有多好啊。但我又怕他日的重逢,会打消上天在今晚煞费苦心赐予我的纯粹和勇气。"

"……"

"但此时此刻,我有种与你互为分身的感觉。真希望你也有同感。"

"那是当然,我真的……"

"谢谢你。——如果我们能再次走到一起,而不必提起今晚共享的这段经历,那真是天底下最美妙的事情了。"

就在大湖哑口无言时,她用手指轻触他的脸颊,随即站了起来，拿着自己的东西悄然离去，只留下一串鞋子擦过地毯的轻响。

大湖茫然若失，却终究是找不到挽留她的话语，坐在原地动弹不得。

待到房门完全关闭，他才猛地浑身一软，靠上椅背。

想追上去看看她的模样……这股冲动占据了心绪的一半。但他又觉得，这是一种永远不会膨胀到让自己行动起来的冲动。因为另一个强劲的念头，连他自己都不清楚原因的念头抑制着他：我也不能让她看到自己的长相——

在仿佛骤然降至冰点的空气深处，荡漾着她的余香。

她在片刻前提到的"纯粹和勇气"，在他的意识中不住摇曳。

"勇气"二字……该做何解？

大湖听着远处的风声，恍恍惚惚。

抉择之时

没必要刻意记住,也无须努力遗忘,就当那是时不时翻阅吟咏的诗集篇章。

1

"今晚……也是老时间回来？"

妻子志保子从身后为大湖披上外套，同时问道。比起"问题"，这句话更像晨间的例行问候。大湖在国立大学当着副教授，没什么特别的爱好和消遣。除非需要出差调研，否则每天基本都是早上去大学上班，傍晚则早早下班回家。两点一线，循环往复。

"嗯，大概六点吧。"

他的回答也是老一套。

"今晚要不炖个牡蛎吧？快到牡蛎最好吃的时节了。"

志保子知道大湖爱吃什么，仰头投来征求同意的目光。微微一笑，细长的眼角便挤出了好几条小皱纹。圆脸蛋上雀斑点点，皮肤略显粗糙。

志保子的外表已然刻上了与三十六岁的年纪相当的痕迹。但大湖总觉得，妻子和十年前刚结婚时并无不同，没有一丝一毫的变化。

志保子是大分县国立大学教授之女。而那所学校正是大湖的母校。大湖毕业后在那位教授手下当了一段时间的助教，后来升任副教授。三十二岁那年，福冈Ｊ大的卫生系出了缺，公开招聘副教授。志保子的父亲与Ｊ大当时的校长关系很好，大力举荐大湖。大湖的关于各地癌症发病率差异的论文也得到了学界的认可。机缘巧合下，他成功跻身Ｊ大，坐上了副教授的位置。恩师见机将二十六岁的女儿介绍给他。简单相亲后，他便应下了这门婚事。

与志保子的婚姻生活风平浪静得可怕。志保子开朗顾家，不抠死理，将大湖的日常起居照顾得妥妥帖帖。两个女儿分别上小学三年级和一年级。在大湖看来，她们似乎都会在若干年后长成母亲那般温顺又平凡的女人。

大湖时常告诉自己，她是个好妻子。只要别太在意她对任何事的反应都有些迟钝，只要不苛求她展现出超越天资的魅力。

但对此刻的大湖而言，志保子的迟钝反而成了一种解脱。

因为她似乎全然没有察觉到，自巴黎参会归来的丈夫与以往有所不同。

大湖给炖牡蛎投了赞成票，迈出房门。小菊花和迟开的玫瑰在房门与院门之间的狭小前院争奇斗艳。福冈市东北部的海边小镇"和白"——大湖家的房子就位于人工修整的小镇住宅区。三年前,他贷款买下这栋商品房,从公租房搬了过来。住宅区整体呈阶梯状,周围有成片的农田与高尔夫球场。和市中心相比,这里当然算郊区,但去J大上班很是方便。

九点过后,大湖将卡罗拉开进拥堵趋于缓解的三号国道。

在十一月初旬,这般乌云低垂的早晨很是稀奇。电视上说,这是今年的第一次大幅降温。冷得发动机都差点没打着。

大湖握着方向盘,思绪却总是飘向那一处。

飘向那个夜晚——巴比松的风暴之夜。也不知鲛岛史子有没有顺利开回巴黎的酒店……

话说史子离开酒廊一刻钟后,大湖也下楼去了餐厅大堂。可那时屋外的停车场已然被雨水灌成了游泳池,一辆车也没见着。

大概又过了十五分钟,店里才重现光明。

大湖心想,说不定史子就宿在尚塔尔公馆,只是谎称自己住在巴黎的酒店,于是去前台询问,但工作人员没有查到叫"鲛岛史子"的住客,而且当晚也没有日本女人入住。外国客人入住巴黎的酒店时必须出示护照,姓名与国籍应该都无法造假。

第二天,大湖一大早就溜出酒店,漫步于风暴过后布满枯叶的村中小路。史子会不会突然现身于晨雾缭绕、人影全无的小路尽头?他走得胸口发闷,心中既有期许,又有恐惧。细想起来,其实大湖从未见过史子的面容和站姿。他却生出了某种发自本能的确信:再次相见时,他定能立刻认出对方。

趁着还没看到对方的脸,就此别过吧——那晚的史子如是说。大湖也深以为然。话虽如此,仍有难以压抑的欲望在内心世界的一隅膨胀起来。他想用自己的双眼清清楚楚地看到她,想将她的身姿明明白白地印刻在自己的脑海中。

然而，他终究还是没遇到史子。

挨个排查巴黎的每一家酒店，说不定还能找到。

奈何大湖要赶那天傍晚的飞机回国，哪里来的时间。再者，她报出的名字"鲛岛史子"究竟是不是真名？……疑窦丛生。

回到日本后，大湖对自己下了结论。没必要刻意记住，也无须努力遗忘，就当那是时不时翻阅吟咏的诗集篇章。

然而，与史子的记忆频频占据他的意识。每次回想起来，感观的每一帧都会变得更犀利，也更鲜明。而且他总觉得，那一幕幕似乎是在逼迫他做出某种抉择。

但我到头来怕是什么都不会选——此刻的大湖跟着缓慢的车流心想。只要他继续保持沉默，不跟吉见教授对着干，对一切视若无睹，吉见应该也不会出阴招将他拽下现在的位置。而且再过七八年，吉见就到了退休的年纪。届时由大湖继任也并非全无可能。肯定有不少教授对吉见平日的傲慢无礼心怀厌恶，说不定能争取到他们的同情票。

眼下唯有隐忍自重……

大湖略加刻意地在脑海中勾勒出在热气腾腾的炖牡蛎后对自己微笑的妻女的形象。虽属刻意，但那幕光景仍带来了淡淡的慰藉与温暖。

然而，当车逐渐接近J大时，他意识到离上课还有三十分钟左右，于是临时起念，决定先去趟附属医院。

J大附属医院的儿科病区住着三名在今年夏天相继发病的肝癌患儿。他们的家都在福冈县内陆的S市周边，父母不是工薪族，就是兼业农户之类的个体户。

在今年三月到八月的半年里，有近二十名家住 S 市及周边地区的儿童被诊断为肝癌或疑似肝癌。其中至少有八人是毋庸置疑的癌症患者。九月过后，情势稍有缓和，但仍有病例出现。

患者几乎都是四至十岁的儿童，大多被安置在 S 市的大学附属医院和市立医院。已有四人不治身亡。术后日渐好转的情况不是没有，但大部分患儿仍未出院，毕竟肝癌和类似的肝功能障碍治起来很是费时。

八月初，大湖第一次见到了住进 J 大附属医院的三名重症患儿。当时人们已将怀疑的矛头指向了总部位于福冈市的某大型零食公司出品的零食——"波比可"。因为发病的患儿几乎都吃过这种用花生和土豆做的小饼干。而负责生产波比可的，正是该公司旗下的 S 工厂。

波比可因此事停产召回。

有关部门通过保健所与县卫生部委托 J 大卫生系分析这款零食的成分。起初，吉见教授以不偏不倚的立场接受了这一委托，带着大湖去医院查看患儿的情况。

那大概是吉见第一次，也是最后一次现身病房……

但大湖时常在上下班路上自然而然走向医院。

2

十点不到，早餐的配餐车仍停在儿科病区走廊。护士们穿梭其间，忙忙碌碌。

早晨的景象一如往常。但大湖觉察到，今日的病区空气中仿佛泛着阴郁。

走到集中收治癌症患儿的病房跟前时，这种感觉变得愈发强烈。平时总有几个家属站在走廊上交谈，此刻却是冷冷清清，人影全无。观察了好一阵子，他才看到一名护士垂着头走出病房。

"出什么事了？"大湖轻拍她的肩膀问道。

"啊，老师……昨天深夜，达男没熬过去……"

年轻的护士没再多说什么。她露出难以形容的酸楚表情，匆匆离开。

深深的闷痛，落在大湖的胸口。

达男来自S市，家里开了家自行车租赁店。他刚上二年级，喜欢理科。大湖给他带过一本植物图鉴，小家伙高兴坏了。等大湖再次来到病房时，他已经记住了许多花草树木的名字，一通显摆。然而，他最近突然不再谈论植物了，反而三句话不离晚上能透过枕边的窗户看到的星星。莫非幼小的灵魂早已坚强地与人间诀别，做起了回归天堂的准备……

走进病房时，不见了达男的雪白床铺模糊了大湖的眼眸。

床单上，摆着黄白两色的郁金香。

隔壁床的由美子发出不成句的呻吟，小脑袋左右乱甩，像是在喊"好痛好痛"，又像是在哭诉"好难受啊"。大湖两个星期前才来过，可六岁的由美子比上次又瘦了两圈，脸几乎只剩拳头那么大了。明眼人都看得出，死神青黑色的倒影，已经爬上了她原本白皙的皮肤。

母亲不停地帮由美子揉肚子。

由美子上头还有个哥哥。父亲任职于S市的一家巴士公司，母亲则带着她在家附近的一家商店做兼职。四口之家的日子过得紧紧巴巴。

由美子发病后，母亲辞了工作，贴身照顾。孩子的医疗费用是自付三成。而且治疗肝癌会用到一些保险不报销的抗生素，外加特殊病号餐、床位差价……患儿家长每月的支出高达二十五万至三十万日元，再省吃俭用也不会低于二十万。本就拮据的家庭雪上加霜，天知道日子是怎么过的……

更可怕的是，由美子家并非特例。住院患儿大多来自社会的中下层。孩子本就年幼，父母又是低收入的年轻人。想必每个家庭都承受着超乎想象的痛苦，无论是在心理层面，还是在经济层面。

由美子的母亲察觉到了大湖的存在，抬起憔悴的脸庞。

见大湖眼眶湿润，泪水立时溢出她布满血丝的双眸。

"老师……她从昨晚难受到现在……可达男走的时候，她是知道的，还嚷嚷着'小达，别丢下我啊'。您说她是不是知道自己也会死啊……"

言及此处，母亲双手掩面，抽泣起来。但她随即松开手，横眉竖眼地仰望大湖道：

"老师，是不是南平食品的波比可害他们生病的啊？那东西有毒是不是？您就告诉我吧！"

明明才三十岁出头，却苍老得与五旬无异。她用近乎癫狂的眼神盯着大湖，紧紧抓住他的手腕。

"老师……赔偿什么的我已经不指望了。只要把由美子和小达害成这样的负责人能跪下道个歉就行。他们要是能承认事实，真心诚意赔礼道歉，九泉之下的小达也能瞑目了吧……所以老师，求您实话告诉我……是不是南平食品干的？"

没错，就是他们干的好事。

大湖听到了被自己按死在喉头的声音。

他几乎可以确定，南平食品旗下的S工厂在去年七月到十二月生产的波比可中含有强致癌物质。因为大多数患儿住在S工厂的产品流通的区域，而且吃了很多在那段时间生产的波比可。波比可的价格相对便宜，深受小朋友的欢迎。

至于致癌物质是什么，大湖也有了猜测：八成是花生、土豆、大米、小麦等淀粉作物发霉后产生的"A毒素"。南平食品从东南亚进口土豆淀粉，用于生产波比可。不是淀粉过期发霉，就是商家明知那些淀粉是只能用作饲料的陈货，却偷偷拿来生产零食。鉴于患儿相对较少，发霉的原材料或许只有那么一两袋。

大湖对这一结论确信无疑，因为吉见教授最开始把分析波比可的工作全权交给了他。他在两名助教的协助下完成了大部分的分析工作，并在出具正式报告之前向吉见做了汇报。谁知吉见却在这个节骨眼上收回成命，称大湖的解释有些说不通的地方，自己要重新分析一遍。

约莫半个月后——九月初，吉见向县卫生部提交了他亲自撰写的分析报告。而报告中的结论，与大湖的分析结果相差甚远。

报告称，用于制作波比可的土豆淀粉确实有不甚新鲜之嫌，但没有发现霉变的确凿证据。因此，推定肝癌并非由波比可直接导致，而是某种"食物相克"的结果才更为妥当。具体是什么食物相克，需要对每名患儿开展精密的追查，通过长期分析得出结论……

简而言之，吉见帮南平食品全方位撇清了责任。

肯定是商家抢在大湖出具报告之前，找吉见疏通了关系。

大湖深知吉见对钱财有着异乎寻常的执着。南平食品必然是用巨款买通了他。

如果患儿与他们的家人能得到商家的赔偿，心里总会好受些，也能享受到应有的治疗条件。

可吉见教授竟为了一己私欲，出卖了患儿与家长的性命和生活！

大湖自是严正抗议过的，但吉见全然不将他放在眼里。助教们的支持也指望不上，他们早已被教授拉拢，个个面色尴尬，三缄其口。吉见和助教们都是J大的毕业生，当年录用大湖的老校长又退休了。大分县无名学府出身的他，早已孤立无援。

即便如此，大湖仍坚持不懈地要求吉见出具真实的报告。吉见便也出了招，突兀地劝大湖调往阿拉斯加的一所大学。如果当事人拒不接受，饶是教授也无法在明面上强逼。但暗中赶人的法子有的是。大可摆出对方大学的诱人条件，同时让你在这里如坐针毡。前例不胜枚举……

"老师，您肯定是知道的！"

由美子的母亲纠缠不休。

"您明知道真相，为什么不公之于众呢？是怕吉见教授吗？！"

倒不是怕。可现在贸然公布不同的见解也无济于事。以吉见的权势，定能将真相死死捂住。

他也在想办法……在摸索能真正战胜那个男人的方法……

大湖轻轻推开那位母亲,在心中暗暗辩解。

他飞也似的逃离病房。

下到附属医院门口时,恰好看到一辆黑色的福特水星滑进门廊,停在面前。

回过神来才发现,那是吉见的座驾。

司机打开后门,吉见下了车。素雅的灰色双排扣西装,裹着富态的身躯。

吉见昭臣今年应是五十二岁。头发花白,容貌端方。乍一看,那上窄下宽的面庞似乎洋溢着德才兼备的学者风范。但大湖总觉得,只要仔细观察他那双凸出的强劲眼眸和肥厚的嘴唇,便能捕捉到隐隐渗出的无底欲望和冷酷无情的性格。

视线相触的瞬间,带着轻蔑之色的光浮现在巨眼之中。他猜到大湖又来看望癌症患儿了。至于他自己,肯定另有目的。

大湖轻轻点头致意,想尽快离开这里。

吉见却突然露出微妙的笑容,凑近一步道:

"是你啊……对了,阿拉斯加那边的院长昨天又打电话来了,催我派几个年轻有为的人过去呢。别看那学校在阿拉斯加的乡下,听说附近最近挖出了石油,发展前景很不错啊。校方的预算也很充裕,院长都说了,你想花多少钱就花多少钱,做什么研究都随你。多好的机会啊,求都求不来。"

"……"

"年底前要答复人家的,你要是定了就跟我说一声吧,等你的好消息。"

吉见露出皓齿，再次咧嘴一笑，转身迈开步子。刚移开目光，微笑的残影便从他脸上消失得一干二净。

　　抉择之时正在不断迫近，不以他的意志为转移……这种预感伴随着淡淡的恐惧和悲壮，让大湖的心愈发僵硬。

第三个女人 ──────────── だいさんのおんな

音信

大湖对着这封信沉思许久，仿佛在看什么阴森可怖的玩意。

1

十二月二日近黄昏时，自实验室归来的大湖浩平发现，研究室的办公桌上多出了一封信。

普普通通的狭长信封上，用工整的正楷写明了J大的地址和大湖的姓名。字迹上盖着代表快件的红色橡皮章。应该是学校的勤杂工送来的，助教收下之后帮他放在了桌上。

直到此刻，还没有任何可疑之处。

大湖一边坐下，一边翻看信封的背面。和正面相同的钢笔字，写着福冈市中央区的地址和"绿园地产株式会社"这个公司名。

绿园地产是某大型保险公司出资成立的房地产公司。大湖知道这家公司，因为三年前买现在住的商品房的时候跟他们打过交道。总部在东京，福冈的不过是分部，但分部的办公室设在市中心一栋现代感十足的亮丽写字楼里，装修得和酒店酒廊一般美轮美奂。

问题是，这家公司莫名其妙寄快件来干什么呢？

大湖看着信封背面的文字，隐隐觉得不对劲。打开封口——里面装着两张信纸。

里面的文字与信封上的笔迹并无不同。

尊敬的大湖老师：

　　您好！非常感谢您选择绿园地产。针对前些天咨询的度假公寓购置事宜，我司已在第一时间为您安排妥当。现特请您于十二月三日（星期五）下午五点半莅临，我将全程陪同实地看房。

　　考虑到您的急迫需求，此次机会实属难得，请务必抽出宝贵时间。竭诚期待您的到来！

销售部水岛 敬上

字都写在第一张信纸上，第二张空空如也。

翻来覆去看了两遍，大湖仍是一脸讶异。

他对"销售部的水岛"全无印象。三年前买房时跟他对接的员工倒是来过信，说是调去其他县的分部当了一把手。

前面那句"前些天咨询的度假公寓购置事宜"就已经让大湖一头雾水了。对方不会是觉得他有意购置新房吧？他现在住的房子还要整整十七年才能还清贷款呢，简直匪夷所思。

可对方的表述分明就是这个意思，而且似乎还是他急急忙忙提了看房的要求。

大湖起初还怀疑是销售寄错了信。

却又从信的后半段读出了一丝丝微妙的语感，似在心头纠缠不清，无法归结于"寄错"二字。

而且这封信看似是一本正经的商务联络，却又莫名地给人一种私人信件的印象。

这勾起了大湖开封前便隐隐产生的别扭感。别扭不仅来自"快件"这一形式。绿园地产平时寄送文件资料时，都会使用特制的牛皮纸横版信封，印在背面的公司名也是日英双语。像这样在白色信封上用钢笔写公司名的情况还从未有过。

而"为您安排妥当"这样的措辞，又让他觉得信里的话确实是对他一人所说的。

笔迹很是陌生。虽无法分辨性别，但能看出写得很顺，笔触洋溢着知性。

邮戳显示，收寄时间是前天晚上六点至十二点之间。如果这封信是从绿园地产分部所在的福冈市中心的邮局寄出的，或是被投入了那一带的邮筒，那就是同城快件，照理说不用走那么久。

想及此处，大湖凑近观察邮戳，想看看收寄局是哪儿。可惜墨迹模糊了，实在看不清楚，但显然不是"福冈"。

大湖对着这封信沉思许久，仿佛在看什么阴森可怖的玩意。

如果这确实是一封写给他的信，那就意味着星期五下午五点半，对方会在公司等待他的到来。

十二月三日星期五，正是明天。

最终,大湖把信插进上衣口袋,站了起来。在那之前,他先摸了摸那个口袋,确保里面装着硬币。

其实办公室里就能打电话,拿起桌旁的听筒找接线员即可,只是通话内容有可能被隔壁房间的助教和学生听到。不知为何,大湖不想让别人听到这通电话。他平时对一些鸡毛蒜皮的事也格外神经质。

他穿过为初冬夕暮笼罩的静谧校园,走进一间电话亭。

翻黄页查到绿园地产的号码,拨了过去。

告诉接听电话的女接线员"麻烦转接销售部的水岛先生",不一会儿,电话那头换成了一名年轻男子。"让您久等了,我就是水岛。"语气快活过头的问候跃入大湖的耳朵。嗓音果然陌生。

"呃,我是J大的大湖……"

"哦,是大湖老师呀!幸会幸会,感谢您选择绿园地产……我正想打个电话给您,没想到让您抢了先,真是不好意思……"

一听到大湖的名字,水岛就连珠炮似的接过了话头。听这口气,对方不仅知道他的身份,还料到他会联系自己。可水岛说的又是"幸会",显然是第一次和大湖交谈……

"明天下午五点半您应该还方便吧?我们会备好车等您大驾光临……"

"呃……是去看房吗?"

"那是当然。我们根据您的要求筛选过了,也跟您的秘书说了,一套在太宰府镇上,一套在俯瞰侄滨海岸的丘陵地带,都是新建的度假公寓。虽说在福冈市的一东一西,但开车去市中心都不用一个小时,周围也很安静,完全符合您的要求,在预算方面也……"

"等……等一下。您说的'秘书'是指……"

"不是您的秘书吗？抱歉抱歉，可我应该没听错呀。她姓……让我想想，对，她姓津川，前天打电话联系了我们，还给了您办公室的电话……"

听电话那头的动静，都能想象出水岛从口袋或抽屉里翻出字条查看的模样。"秘书"？"津川"？大湖闻所未闻。而且这个水岛也太缺乏常识了。且不论打电话的女人究竟是什么来头，他怎能轻易相信对方的说辞，认定区区一个国立大学的副教授就能有女秘书鞍前马后呢。

但水岛似乎对此事做出了独到的解释。

"反正那位女士说起话来让人如沐春风，到底是……"

最后的"到底是"三字带着一丝淡淡的调侃。水岛许是误以为那个自称津川的女人是大湖的情妇，而大湖是在物色藏娇的金屋……

"听说您急着定下来，当时又是我接的电话嘛，于是我就推迟了出差的行程，想亲自陪您看看。还请您明天务必……"

等等，那个姓津川的女人是什么音色？有没有她的联系方式？话到嘴边，却又咽了回去。现在问这种问题，八成会被水岛当成无聊的玩笑，左耳进右耳出，要不就是当大湖在戏弄自己，闭口不言。

总而言之，眼下唯一的办法就是明天下午五点半去一趟绿园地产，一边看看所谓的度假公寓，一边旁敲侧击。

大湖怀着满腹的疑惑，放下听筒。

眼看着一辆黑色福特水星沿银杏枯叶散落的马路驶来，从电话亭跟前穿过。

正是吉见昭臣教授的专车。

看来吉见正要回家。

教授将上半身深埋在后排椅背里，凸出的强劲眼眸直视前方，似是没注意到电话亭中的大湖。

大湖下意识将脸藏在电话机后。直到专车远去，他才伸手推开玻璃门。因为他实在不想和吉见对上眼。吉见"建议"他调去阿拉斯加的大学当副教授，而他尚未正式答复。

虽然那不过是一所市立大学，建在阿拉斯加的内陆小城，但那一带最近开发了油田，全城欣欣向荣，校方也会提供大量研究经费……吉见摆出各种诱人的条件，赶人之心昭然若揭。可这一走，便归期无望。大湖又下不了决心在阿拉斯加干一辈子。妻子志保子闻讯后更是脸色大变，强烈反对。

但拒绝的结果，很可能是被逼去条件更差的乡下新大学。

南平食品的食品污染引发的癌症患儿数量虽已趋于减少，但散发病例不断增加。

在J大附属医院的住院患者中，八岁的达男已然去世。六岁的由美子也步其后尘，在病痛的折磨中咽下了最后一口气。

S市周边患儿与家属的苦难仍未停歇。

即便如此，南平食品的管理层仍以吉见的分析报告为挡箭牌，妄图逃避最起码的责任，只给了些象征性的慰问金。

去不去阿拉斯加？抉择的时刻不断迫近。

但此时此刻，他是不是应该另辟一条更能一锤定音的活路呢？这是人活一辈子都不一定能碰上几回的抉择。决定命运的关键时刻即将来临——这些天来，这种模糊而紧迫的感觉一直冲击着大湖。与吉见对视时，他总会生出焦虑，生怕对方看穿自己内心的纠结。

"明天下午五点半啊……"

他莫名嘟囔着，走上寒冷的马路。

大湖依稀想起，吉见明天傍晚好像要去吃喜酒。说是他有个学生和银行高管的女儿喜结连理，请吉见以主宾的身份出席婚宴。据说他的心腹助教山田也会去，大湖却并未受邀。

2

次日下午五点半，大湖如约来到绿园地产福冈分部，顺利见到了水岛。

水岛二十七八岁，个子不高，比大湖根据电话里的声音想象出来的模样要更老实规矩一些。见面后发生的一切，几乎都如大湖所料。

水岛先翻开华丽的宣传册，为大湖介绍了两套新建的度假公寓。一套在福冈市西海岸的五塔山脚下，另一套则位于东南边的太宰府镇。大致介绍过周边环境、配套设施和贷款政策之后，他便将大湖请上了公司的中型商务车，自己则坐上副驾驶座，吩咐司机先去太宰府，按顺序参观两套备选的房子。

根据水岛的描述，那位"姓津川的秘书"在三天前（星期二）的午后致电绿园地产，将大湖的姓名与身份告诉碰巧接听了电话的水岛,并表示想尽快购置一套度假公寓。条件开得很是粗略:距市中心的车程控制在一小时内,环境清雅,总价一千五百万左右。对方还暗示水岛,一旦找到合适的房子就立刻签约。水岛的热情也足以让大湖想象出"津川"的说辞。近年来,大批新公寓在福冈市内及郊区拔地而起,势头堪比雨后春笋,但由于经济大环境不好,需求量并未增长,甚至有部分房产公司因无法支付利息宣告破产。尽管绿园地产背靠雄厚资本,并无破产之忧,但能多做一笔生意总归是好的。

"津川"听着像二十多岁或三十出头,音色低沉而文静。她没有提供自己的联系方式,只说大湖会在星期五下午五点半过去,希望有人带他看房——从水岛那儿打听出来的仅此而已。

"昨天您来过电话之后,津川女士又在晚上七点多的时候特意来电跟我打了声招呼……礼数可真是太周全了。"

"津川"显然不是大湖的妻子志保子。因为昨晚七点左右,她正忙着伺候大湖用晚餐。提起"绿园地产"时,她也没有任何的反应……

于是问题来了。"津川"究竟是谁?

大湖不禁想到了"鲛岛史子"。十月中旬,巴黎郊外,他们在巴比松的"尚塔尔公馆"酒廊萍水相逢。也许"相逢"这个说法并不贴切。毕竟他们从头到尾都没看到对方的长相,甚至没有交换过一个眼神。

然而,在那个反季的秋日风暴肆虐的夜晚,他们在黑暗中共享了一段仿佛不属于人世的陶醉时光。随着时间的推移,那段记忆间歇性地在大湖的感官中复苏,比存在于这个世界上的任何东西都要鲜活和真实。

可"津川"若真是史子,她为何要打电话去福冈的房地产公司,自说自话预约看房,又寄信来通知他?——大湖愈发确信,那封快件是史子寄来的。最不济也是那自称"津川"的神秘女人所寄。

而且她昨晚还给水岛打了电话,确认大湖会按时赴约。

为什么?

她图什么——?

百思不得其解。

但大湖的直觉在他耳边呢喃:如果这是来自史子的某种音信,他就必须遵从她的意愿。他的本能也满足于这种状态。

太宰府和侄滨五塔山刚好位于对角线的两端,把福冈市区夹在当中,发车时间又是六点整,正值晚高峰;所以看完两套空房,听完现场讲解,再回到绿园地产的办公室时,已是晚上九点多了。

水岛显然盼着大湖立刻下定。大湖则表示两套房子都不错,各有优劣,只是资金方面出了点小意外,等问题解决了就选一套定下来。

他在已经放下卷帘门的绿园地产大厦前告别水岛,开停在地下车库的卡罗拉回家。

抵达和白的家时已过十点。等他回家的志保子神色如常。他在今天早上出门时告诉妻子,有个在大阪当副教授的朋友临时来福冈了,所以晚上要陪人家吃个饭。

志保子与平时并无不同,也没有多问。可见他不在的时候,并没有女人打电话来。

不知为何,失望排山倒海而来,这让他意识到,自己又对"音信"燃起了期许。看房时,他甚至有种史子会突然现身走廊转角的预感,不时屏住呼吸。

与妻子一同走进卧室时,他顿感空虚的疲惫蔓延全身。

第二天是星期六,大湖睡了个懒觉。星期六没课,他基本都在家里看看书,或是写写准备投去学术期刊的论文,偶尔去学校搞搞没做完的实验。

上午九点过后,志保子轻轻打开卧室的房门。见大湖窝在床上看杂志,她便道:

"起来啦?早知道就叫你来听电话了……"

"谁打来的——?"

"《西部新报》科学艺术部的津川记者——"

疑似电流的感觉贯穿大湖的身体。《西部新报》是区域性报刊,报社总部位于福冈。

"是位女记者吧?"

他用刻意稳住的语气问道,同时起身。

"对,她说她约了你当新年专题座谈会的嘉宾,今天要碰头开个预备会……"

"今天?"

"对啊,她说你们约好了今天下午两点在县立图书馆的乡土阅览室碰头……"

"我去接吧。"

"不用,人家都挂啦,说是怕你忘了,特意来个电话提醒一下。她还说想把座谈会的细节都定下来，让你留两个小时左右……"

"挂了啊……"

定是大湖情不自禁的嘀咕透出了些许失望，志保子面露讶异，带着几分歉意皱起眉头：

"她说话特别客气，让我别叫醒你……那叫一个彬彬有礼。"

"确实是姓津川的女记者？"

"嗯。"

"亏得她提醒，我差点忘了……"他急忙掩饰。

《西部新报》的座谈会也好，姓"津川"的女记者也罢，大湖都全无印象。

说不定，她会在今天现身！

似有娇兰的香味忽然掠过鼻腔。刹那间，他便坠入了沁入心脾的渴仰。

福冈市县立图书馆设在博多港附近的县文化会馆大楼内。

一早就碧空如洗的日子阔别已久，但干冷的风预示着隆冬的临近。

前院设有喷泉，还种着颇具北国风情的白杨。大湖把车停在前院的一角，上到二楼夹层的图书馆。

两名女职员在入口处微笑着跟他打招呼。大湖平时主要去J大图书馆，但每月也会来这里两三次，基本都是进城的时候顺便转转。他有时也会请职员帮忙复印专业书籍，所以不知不觉中就和三四名职员混了个脸熟。

毕竟是星期六下午，人似乎比平时多一些。

普通阅览室的左手边有一个稍小的房间，乡土方面的书籍集中安放在内。

小阅览室门口也有柜台，后面坐着一名年轻的男性职员。

两点零五分，大湖步入小阅览室。迟到片刻是他故意所为。

这里平时只有四五个人，今天却进了一小群高中生模样的青少年，还有三四个在翻阅书籍或浏览书架。

巧就巧在，放眼望去都是男人，不见女人的身影。

大湖走向环境卫生方面的书架，那也是他平时常去的地方。除了乡土史，这间阅览室还收集了不少农林、渔业、土木、环境卫生等方面的资料和书籍。若要调研本地的情况，这里比J大图书馆更方便。

大湖一边留意门口，一边查阅关于本县河流污染物的资料——他刚好在做这方面的比较研究，之后又请柜台职员复印了十多页。

三点半都过了，他等的女人却仍未现身。

在此期间，有几名年轻女性进出小阅览室。每次他都投去询问的眼神，观察对方许久，她们却都冷漠地坐在离他很远的椅子上，也不转头看他。

"津川"今早来电时让妻子带了口信：下午两点见面，谈两个小时左右。

这就意味着，他必须等到四点。

后来他基本没看铅字，而是眺望窗外随风摇曳的高大白杨。

四点十分时，大湖离开了小阅览室。

失望、气愤和些许焦虑，汇成难以名状的烦躁心境。呼吸都变得凌乱了——我到底在做什么？

就这么回家，妻女兴许会起疑心。于是他一反常态，独自来到市中心的一家酒店，走进了位于十一层的酒廊。他在市中心的东中洲有几家还算熟悉的酒吧，但这个时候去又太早了。

他坐在俯瞰博多湾的吧台前，喝了一杯半的水兑酒，试着分析从前天收到快件到今天的种种，以及"津川"的一系列行为的意义。思绪却在不知不觉中被与吉见教授的冲突和目前的尴尬处境所占据，心情也沉入谷底。

一旦琢磨起那些事，他便会踌躇不前，摇摆不定，在原地打转，无休止地烦恼。

红日西斜，海面泛起冰寒的青灰色，白浪四溅。

七点不到，大湖迈入家门。志保子顿时就惊慌失措地冲了出来。

"老公……刚才你们系的山田助教来电话，说吉见教授家出了事故……"

"事故？"

"他没说太详细，只说教授——"

恰在此时，门口的电话响了。

大湖伸手接了起来。

"老师？我是山田！"

山田的鼻音比平时又尖了八度。

"教授家出事了？"

"是的……教授他……去世了。"

"什么？"

"是教授夫人刚通知我的，说她六点左右回家的时候，发现教授倒在自家客厅……"

"倒在客厅……？"

"呃……怕是死得蹊跷，因为当时她就报了警。我正要赶过去呢……"

果然又来了"音信"——不知为何，大湖下意识地想道。

第三个女人　———————————　だいさんのおんな

访客

有个女人在下午两点二十分造访了吉见家。

1

福冈县警搜查一课的古川政雄警部走出客厅,在门口昏暗的地上伫立片刻。鉴证组仍在客厅内采集指纹。

幽深的花岗岩玄关外是铺着碎石的门廊。门廊之后则种着山茶花、百日红等绿植。最外侧的罗汉松树篱足有十米高,绕宅院一周。

但房门到院门的距离其实很短,据说门柱之间的铁栅栏门白天通常是敞开着的。

这一带倒也并非只有豪宅大院。外面的马路约莫六米宽,斜对面有两三家商店,背后露出一栋十层左右的公寓楼。在这片中流水平的住宅区,吉见教授的宅邸自成一国,格外宽敞寂静。

门柱上挂着警戒带,外头的围观群众不住探头张望。由此可见,这个区域的人流量并不小。换作白天,定有不少家庭主妇和推销员在这条路上来来往往。

总能找到目击者的。

古川惦记着正在周边走访调查的下属们。

他高度关注"目击者",因为警方没有在犯罪现场,即吉见教授家的客厅找到任何称得上"凶手遗留物"的物证。

西式客厅足有二十帖[1],铺着厚厚的波斯地毯,红木茶几与座椅点缀其上。古川等人赶到时,整间客厅为寂静所笼罩,乍看仿佛什么都没有发生过。

唯有取暖器发出低沉的嗡鸣声。环顾四周,只见疑似吉见教授的半老男子蜷缩着倒在沙发边上。

茶几上放着一个杯子,剩下的咖啡大约六成满。外加装糖和牛奶的银器。

现场仅此而已。

在现场勘验阶段,警方已证实吉见昭臣系氰化物中毒致死。尸体散发的微弱异味、尸斑的状态……种种迹象都符合中毒的特征,鉴证人员对杯中残留的咖啡进行了检测,舍恩拜因氏反应[2]呈阳性。

当晚的情形并不难想象:凶手拜访了独自在家的吉见。吉见将其带往客厅,以咖啡款待。凶手趁吉见不备,将氰化物投入他的咖啡。亲眼看他喝下咖啡,挣扎断气后,凶手带着自己的杯子

---

[1] 1帖约为1.62平方米。——编者
[2] 将白色试纸浸入检材,如有氰化物则变蓝。

逃离现场。为避免被吉见怀疑，凶手很可能喝过自己那杯咖啡，那就意味着唾液和指纹会留在杯子上。与其清洗干净，不如整个带走，如此消灭证据才更万无一失。

除此之外，凶手没有留下任何痕迹。单看犯罪现场，甚至都无法判断出凶手的性别。看这架势，残留在现场的指纹怕是也指望不上了。

要是有人目击到进出现场的凶手就好了……

两三名报社记者连哄带骗地避过阻拦的警官，横穿前院而来。见状，古川大步流星地沿走廊去往里间。

靠里的榻榻米房间面朝饰有华美石灯笼的日式庭院。教授夫人喜代江正与一名三十岁上下、身着深蓝色西装的男子交谈。家中的暖气温度适中，喜代江修长的脸庞却全无血色，身体更是颤抖不止。她约莫五旬，气质优雅，眉目清秀，就是眼梢略显凌厉。

"打扰了。"古川打了声招呼，步入室内。喜代江微微欠身行礼，请古川落座，又为他介绍了对面的男子："这位是系里的助教山田先生。"

古川轻声致意后坐了下来，看着喜代江说道：

"能否请您再详细讲讲发现死者时的情况？"

听到这话，山田主动回避，起身要走。

"能不能麻烦您再打个电话，问问昭一是什么时候从长崎出发的？"喜代江问山田，语气中满是依赖。

山田走后，古川再次略表慰问，然后问道：

"为谨慎起见，我想再核实一下——请问吉见教授真的没有任何自杀的动机吗？也许学校那边是没什么问题，那健康方面呢……？"

"也没有啊……今年秋天连哮喘的老毛病都没怎么复发，身体比平时还好呢……今天早上我出门的时候，他还说准备去家附近的室内高尔夫球场动一动，都好久没去了……"

喜代江用强压着情绪的声音回答道。她面色惨白，唯有一双眼睛渗着血红。

"听说您是上午九点出门的？"

"对，收拾好早餐用的碗筷就打车走了……"

"然后家里就只剩教授一个人了？"

"是的。"

吉见家是一座日西合璧的大宅邸，占地约一千五百平方米，但这段时间家里就只有老夫妻住着。吉见夫妇育有三个孩子，长子昭一是毕业于J大的精神科医生，目前任职于长崎的一家医院，院长是吉见的密友。两个女儿也都成了家，姐姐住广岛，妹妹在东京。所以孩子们虽已接到通知，但尚未赶到。家里原来还有个年轻的女佣，但在九月辞了职，新人还没着落，有个以前当过住家保姆的人会偶尔来打扫一下。除此之外，家里基本就只有夫妻二人。

"您打车去博多站坐了新干线？"

"对，女婿开车到广岛站接的。"

吉见家的大女儿和任职于大型钢铁公司的女婿住在广岛。喜代江今天独自前往广岛，就是为了看外孙女的日本舞汇报演出。她早就答应了即将年满八岁的外孙女，于是便留下吉见在福冈看家。

"傍晚六点不到的时候,您也是从博多站打车回来的?"

"是的,到家的时候大概是五点四十五吧。我是算准了时间从那边出来的,这样来得及给外子准备晚餐。"

喜代江回家时,玄关的推拉门没有上锁。但吉见独自在家时,这种情况并不罕见。

屋子里一片昏暗,没有一盏灯亮着,只开着暖气。

起初,喜代江还以为丈夫去了室内高尔夫球场,只是忘了锁门。但门口的鞋一双未少,这让她疑心骤起,在屋里四处查看了一番。

六点十五分左右,她发现了倒在客厅的丈夫。

当时吉见已四肢冰冷,也出现了尸僵的迹象。喜代江一看便觉得丈夫死得蹊跷,不仅叫来了家庭医生,还在第一时间联系了片区警署,也没有触碰现场的任何物品。

"那——教授没跟您提过今天有客人要来?"

其实大致情况已经问过一遍了。但随着谈话深入核心,古川的表情还是自然而然变得严肃起来。古川政雄警部今年四十一岁,红润的圆脸上缀以黑框眼镜。县警本部派特搜组前来调查此案,而他就是特搜组的组长。因此他实质上就是调查工作的总指挥。

"我没听说过,也没看出什么迹象……"

"有没有人打电话说要来?"

"没有啊,今天早上出门前都没接过电话。"

夫人坚强作答,态度沉稳,时不时用雪白的手帕按一按嘴角。

"所以我们只能假设,凶手是在您出门之后提前打了电话或突然来访,并实施了犯罪。"

"嗯……"

喜代江凝神思索片刻,但也没有别的见解。

"如果真有客人来访,您觉得桌上的咖啡是教授自己冲的吗?"

"应该是的……厨房的煤气灶上放着过滤器,而且外子今年春天戒烟以后常喝咖啡,家里来了客人,基本也是用咖啡招待。当然,如果我在家的话,那肯定是我冲……要是我今天没出门,就不会出这种事了……"

句尾第一次变得含糊不清。只见喜代江用手帕捂着双眼,不让自己呜咽起来。

"您今天的行程是什么时候定下来的?"

"这……汇报演出的日子是暑假就定了的,所以那时就已经……"

"但也只跟家里人聊过吧?"

"是啊,毕竟也不是什么值得跟外人说的大事。"

"那您敢保证没有一个外人知道吗?"

"您要这么问,我也不敢打包票……在什么地方随口说起,被人听去也是有可能的。外子昨晚去吃了喜酒,兴许就跟人提过……"

"教授昨晚去吃喜酒了?"

"嗯,新郎是他带过的研究生,进了一家石油化工企业,新娘是银行高管的千金……喜酒是在酒店办的,昨天傍晚六点开始,说是请了两百多位宾客,办得很是风光。"

喜代江本人没去,但刚才见到的山田助教貌似也在受邀之列。古川觉得有必要再了解一下婚宴的情况。

"那就说回咖啡吧,还是没找到另一个杯子吗?"

"是啊,家里都找遍了……"

喜代江皱起笔直的眉毛,一副瘆得慌的样子。

家里少了一套柿右卫门瓷[1]的杯碟,留在客厅茶几上的也是同款。杯碟共有半打,厨房的柜子里只剩下了四套,那一套找遍全家都不见踪影。

不难推测,是凶手带走了附着了指纹和唾液的咖啡杯。是不是也能据此假设"访客只有一人"?

"您五点四十五分回到家时,有没有在房子周围看到什么可疑的车辆或人影?"

喜代江咬着嘴唇,歪头沉思,似是在拼命搜索当时的记忆。

"实在是没印象了。当时院门口的灯没开,周围黑漆漆的,说不定只是我没注意到……"

细长的眼眸中再一次涌出泪水,倍显不甘。

就在这时,一名在周边走访调查的刑警出现在屋外,对古川使了个眼色,似是有了收获。

古川跟夫人道了句"失陪一下",起身来到走廊。

"今天下午两点二十分左右,有位主妇去斜对面的手工艺用品店买线——"

不出所料,年轻的刑警两颊潮红,以极快的语速汇报了调查

---

[1] 酒井田柿右卫门是日本著名的制瓷世家,也是日本高端收藏品瓷器的代表之一,距今已有近400年的历史。

所得。

据说那位主妇目击到了走进吉见家院门的背影，看着像个年轻的女人。当时周边没有车辆与其他行人，初冬暖阳倾注于午后街头，静谧无声，神似气潭……

"她说她当时正在商店角落里的展示柜后面挑选绣线。柜子比较偏，从外面不容易看到。店员去里间拿她订的东西了……"

主妇忽觉外面的路上有人，抬头望去，只见一个女人的背影穿过吉见家的院门，走向玄关。那人中等身材，穿着黑色[1]大衣。头发似乎盘在脑后。她并未给主妇留下推销员的印象，也许是因为手上捧着个伴手礼模样的包裹，也可能是因为背影洋溢着文静的气质。硬要形容的话，倒更像是好人家的姑娘或少奶奶。不过主妇很快就把注意力转回了绣线上。毕竟她家离这一带稍有些距离，与吉见家也没有任何关系。

"确定是两点二十分左右？"

古川反问的语气多少带了些刻意的冷淡。

"确定，那位夫人是根据出门的时间倒推出来的，回答得很谨慎。而且我刚找店家核实过了，说她确实是两点十五分左右来的，两点半左右才走。"

年轻刑警答得字字铿锵。

有个女人在下午两点二十分造访了吉见家——如果主妇的证词属实，这就是极有价值的情报。也对得上作案时间。

---

[1] 原文此处用的是"黑っぽい"，照理说应该翻译成"深色"，但在后文中警部明确说了是"黑色大衣"，故此处统一成黑色。

现阶段推算出来的作案时间是今天下午两点半到三点半之间。警方验尸时，死者刚去世不久，所以时间范围不至于太宽。"家里没亮灯"这一点也是重要的参考依据。

虽说和东京等北方城市相比，福冈的日落时间要晚四十多分钟，但近日都是下午四点半一过，天色便渐渐转暗。从现在到冬至，是日照时间最短的时期。

而且吉见家的客厅朝东，院前又栽着一大棵加拿利海枣，阳光被叶子挡住了大半，所以屋里暗得格外早。此外，吉见时常叮嘱妻子：家里人少，难免防范不足，所以要多开灯，让室内保持明亮。他自己开灯也很勤快。

如果只是客厅没开灯，那还有可能是凶手走之前关的。但吉见家的玄关和院门都没亮灯，冲过咖啡的厨房也是一片漆黑，因此警方推测，凶手来到吉见家的时间不会迟于下午四点——那时还没有必要开灯。

话虽如此，警方还无法认定那个女人就是凶手。

面对带回重要线索的年轻下属时，古川刻意表现得较为冷淡。他也许是想以此告诫自己，不能先入为主。

他回到榻榻米房间，透过镜片，再次向教授夫人投去泛着探求心的一瞥。下一步，就是问出吉见昭臣的仇家或敌人……

2

"星期六我基本都在家的，但昨天要查点资料，就去了趟县立图书馆……"

大湖尽力控制着神经质的眨眼，强迫自己提高答话的音量。古川警部坐在他正对面。镜片会在某些角度反射炫目的光芒，这一点也搞得他心神不宁。

吉见教授遇害次日，星期天。今天和案发当天一样晴空万里，唯有风中暗藏冬日的荆棘。大湖家的客厅朝南，面积比吉见家的小，装修布置也廉价得多。所幸院子里没有多少绿植，也没有高大的加拿利海枣挡太阳，只要天气晴朗，一整天都能尽情沐浴紫外线。

上午十点多，古川警部突然来访。纯净的阳光洒满窗户，衬得他的眼镜和血色十足的面部肌肤闪闪发光。

"昨天晚上，我们在西福冈署设立了搜查本部，会一直开到凌晨两点。我待会儿也要去本部……其实我家就在前头，所以顺便过来找您聊聊……"

一通称不上借口的寒暄过后，古川走进大湖家的客厅。

不过他显然对大湖抱有不一般的兴趣，所以才会亲自出马，再度前来问话。他的问题足以体现出，他已通过吉见夫人和山田助教了解到了教授和大湖之间的矛盾。昨天夜里接到山田的电话之后，大湖就赶去了吉见家。当时仍有警官与报社记者频繁出入。他好不容易才逮住山田问了个大概，回家前只接受了一名警官的简短问话。

警方迟早会查到，吉见和大湖不仅仅是性格不合。两人近来针锋相对，起因是对食品公害问题的分歧。大湖险些被赶去阿拉斯加的事情肯定也瞒不久。

早在听闻吉见死讯的那一刻，大湖便已意识到，警方定会视自己为头号嫌疑人。

正因为如此，他才能将事情的来龙去脉原原本本地告诉古川警部，语气也淡定得出乎他自己的意料。

然而，当对方"为谨慎起见"要求他提供昨天下午两点到五点的不在场证明时，大湖反而觉察到了渐失镇定的自己。

倒不是因为提供不了。问题出在他意识到"自己的不在场证明完美得过分"。一直没人告诉过他准确的案发时间，所以他也没仔细推敲过自己的不在场证明。

而且他的不在场证明绝非偶然的幸运所致。仿佛有人提前算计好了一切，并将写好的剧本交到他手上——

"两点到四点多在图书馆？就您自己吗？"古川警部平静反问。

"嗯，就我自己，一直待在乡土阅览室……"

"哦，您说的是门口左边的小房间吧。我也去查过两三次资料。毕竟给新人培训的时候，肯定是列数据最有说服力。"

古川似在脑海中勾勒出了阅览室的模样。

"离开图书馆以后，您就直接回家了……？"

"不……我去酒店的酒廊坐了会儿，喝了两杯……"

行为一旦偏离"剧本"的情节，大湖便缓缓拾回了笑容。他去十一层酒廊的时间比较早，当时店里只有另外两三组客人，包括外国情侣。和善的酒保很可能记得大湖的长相。如果警方连这段时间的不在场证明都要，对大湖而言便是公平公正的幸运。

"嚯……您平时经常一个人去店里喝上两杯？"

"偶尔喝喝罢了。昨天在图书馆觉得特别累才去的……也就喝了一两杯水兑酒，醒透了才回到车上。"

"哦……也没出什么非得借酒浇愁的事情，是吧。"

"——吉见教授到底是昨天什么时候出的事啊？"大湖略感焦躁，如此反问。报纸给出的作案时间很是粗略，而且各家略有差异。

"下午两点半到三点半的可能性最高。据我们推测，凶手结束犯罪的时间最晚不会超过四点。"

"教授夫人那段时间都不在家吗？"

"是啊，她去广岛找女儿女婿了，已经核实过了。不过反过来说，凶手很可能是看准了吉见教授独自在家的机会下的手。"

"那凶手应该是和吉见家比较亲近的人吧？既然他知道教授家里的情况……"

"嗯……但教授前天晚上六点去吃过喜酒，如果他在酒席上碰巧聊到了第二天的安排，那外人还是有机会听到的，而且凶手兴许是在上门之前先通过电话或其他方式打探到了家里就教授一个人。"

古川警部停顿片刻，打量面前这位紧张得连连眨眼的副教授。

种种证据表明，大湖前天晚上确实没和吉见在一起。

如果他昨天下午去的是县立图书馆的小阅览室，不在场证明得到证实怕也是迟早的事。

即便如此，警察属性的古川对大湖生出的兴趣却丝毫没有减弱。连他自己都觉得莫名其妙。

针对前天晚上的婚宴开展的暗中摸排可谓举步维艰。宴会采用站立式自助餐的形式，宾客足有两百多人，逛到酒店花园的人貌似也不在少数。

不过，助教山田提供了一条耐人寻味的线索。

据说那晚八点左右，婚宴即将散场时，吉见和一名年轻女子在露台的角落里聊过一会儿。这本身并没有什么稀奇，只是山田觉得那名女子是大学里不太常见的类型，所以莫名留下了些许印象。可惜他终究是个糙汉子，几乎回忆不起来关于其着装与发型的具体细节。

目前警方正通过新人等渠道核实该女子的身份……

对了，吉见前天晚上吃喜酒去了……经古川提醒，大湖才想起来。那仿佛已经是很久很久以前的事了。

就在婚宴的同一时间，他在绿园地产员工和司机的陪同下看了两套绝不会买的度假公寓。

说时迟那时快，心脏被人一把揪住的冲击汹涌而来。

莫非一切本该在前天晚上画上句号？

可惜总也找不到机会，只得拖到昨天下午？

所以对方给他发了两次"剧本"……

大湖微微挪动身子时，古川的眼镜又迸发出一道闪光。

巴比松的闪电，划过大湖的眼底。

第三个女人　——————————————　だいさんのおんな

翠景

"我的心无处可逃，除非她死。"

1

也许诱惑总是或多或少伴随着危险……但大湖浩平心知肚明，摆在自己眼前的，是毋庸置疑的"危险诱惑"。

绝不能动"再见鲛岛史子"的心思。

反正也联系不上。

在尚塔尔公馆的黑暗中，大湖对史子本人的了解仅限于姓名、家住东京、平时大部分时间在家从事翻译工作。不，他甚至不确定"鲛岛史子"是不是她的真名。事到如今，他觉得那是假名的可能性越来越高了。

大湖告知史子的，却是原原本本的真相。说来奇怪，他清楚地记得自己当时被某种奇怪的恐惧所笼罩，只觉得对史子撒谎就等于背叛了自己。姓名自不用论，工作单位也好，卫生系副教授的身份也罢……若是无人阻拦，他定会滔滔不绝，奈何史子用手指封住了他的嘴唇。

"别说了。什么都别说了。即便你什么都不提，我也是天底下最理解你的人……"

正如她所说，她坦率地理解了大湖，还将这份理解付诸实践。

大湖确实说过，他恨吉见教授，恨到想置其于死地。那是他深藏心底的欲望，从未跟任何人透露过，唯独史子例外。但在那个夜晚，胆小懦弱的大湖是不是在潜意识里祈求过，"谁来帮我杀了吉见吧？"

史子读懂了大湖的心声，代为执行。

不仅如此，她还为他送来了用于打造完美不在场证明的剧本。

在巴比松的夜幕下，史子提到了"勇气"二字。

"打消上天在今晚煞费苦心赐予我的纯粹和勇气……"

她如此说道。在她走后，大湖也琢磨过那番话的含义，没想到……她定是在那个夜晚、那个瞬间下定了决心！

从在吉见昭臣遇害的两天前大湖收到"绿园地产"快件，到案发当天早上将大湖引向县立图书馆的电话……一切的一切，都是史子给大湖的音信。

除此之外，大湖找不到任何解释。

所以大湖也想回史子一个音信。他想告诉史子，他确实收到了她的音信，也理解了她的用心，而且十有八九……心怀感激。

然而，那终究是危险的诱惑。而且比起他自己，史子更容易受其威胁。他与史子之间的联系若有丝毫泄露，走投无路的定会是史子。因为史子才是执行者。也许她早已料到今日的一切。正是为了斩断大湖的诱惑，那晚的她才格外谨慎，没有详细透露自己的身份。

大湖觉得自己好像能渐渐读懂她的内心世界。每每想及此处，在那晚的温存后降临，且暗藏无限柔情的寂静便会重现于脑海，丝丝渗入他的灵魂。

为谨慎起见，他决定在东京的黄页中搜索"鲛岛史子"这个名字。找不到，就自我克制，不再深入。

无论是身在大学，还是回到家中，他都尽可能表现得若无其事，怀着大气都不敢出一声的心境熬到了年底。

在此期间，警方当然在全力推进"吉见教授毒杀案"的侦查工作，但似乎没能赶在新年到来之前锁定主要嫌疑人。

有作案动机的人着实不少。J大内部就有许多跟吉见有过节的职员和学生（为首的便是大湖）。还有癌症患儿的父母，他们肯定因波比可的分析结果对吉见怀恨在心。而疑似与吉见暗中勾结的商家内部恐怕也有复杂的利益关系。

然而，警方查遍了方方面面，却愣是没发现决定性的线索。福冈县警的古川警部貌似盯上了大湖，认为他最有动机，却被牢不可摧的不在场证明挡住了去路，节节败退。

警方忙活了半天，却不得不回到起点。仅剩的希望，便是那神秘女子的身影。

案发当天（十二月四日）下午两点二十分左右，身着黑色大衣的女子走进了吉见家的院门。当时吉见独自在家。

而在前一天晚上，在市中心某酒店的婚宴上，有人目击到一名年轻女子与吉见亲密交谈。据称，那人是"大学里不太常见的类型"……

搜查本部询问了婚宴主办方及每位宾客，并在暗中开展调查，却无论如何都查不到神秘女子的姓名与身份。

也许她不是被邀请的宾客，而是在两百多位宾客的掩护下伺机接近了吉见？

警方生出了这种怀疑，愈发焦躁。

古川警部也找大湖打听过那个女人，得到的回答却是"全无头绪"。

大湖在福冈市和白的商品房迎来了第四个新年。

房子所在的新兴住宅区为高尔夫球场和农田所环绕，万籁俱寂，鸦雀无声。天气晴好，淡淡的阳光遍洒大地，但学生们怕打扰老师休息，不会在元旦当天登门拜年。

早餐吃得比平时略晚。一碗烩年糕下肚，上一年级和三年级的两个女儿便去了院子对面的空地，和街坊邻居家的孩子们一起放盖拉风筝[1]。这年头连小姑娘都开始放风筝了[2]。周围的电线还很少，孩子们可以尽情放飞。

"老公……吉见老师这么一走，卫生系以后要怎么办啊？"

大湖正在翻看贺年卡。妻子志保子端来一杯茶，小心翼翼地问道。语气虽然谨慎，但注视着丈夫的双眸透出了殷切的兴趣。

毋庸置疑，志保子是为吉见的突然离世欢呼叫好的人之一。

---

[1] Gayla Kite：美国风筝品牌。设计新颖，飞行性能强大，颠覆了人们对风筝的固有概念，在20世纪70年代的日本掀起狂潮。

[2] 传统的过年风俗是男孩放风筝，女孩玩毽子板。

因为她早已听说丈夫跟吉见因波比可一事针锋相对，还差点被赶去阿拉斯加。当时她哭过闹过，说什么都不肯离开日本。

古川警部又岂会放过这条线索。志保子也曾是警方的怀疑对象。万幸的是，街坊家的主妇证实了她的不在场证明。

"教授的位子应该会暂时空着，相关事务由我代理。"

大湖继续翻阅贺年卡，如此回答。

"但迟早会有新教授的吧？"

"那是当然。"

"大概什么时候定啊？"

"不好说，搞不好会拖到明年。"

"要这么久啊……我还当教授去世了，副教授就能自动顶上呢……"

"哪儿有这么简单，其他教授也有他们的小算盘。等候选人都出来了，就会在学院内部搞一场选举。"

志保子有一个在大分县的乡下大学当教授的父亲，却在这方面缺了一根筋。

"你还是有希望当上教授的吧？"她的脸上多了几分忧心。

"嗯……五五开吧。"

大湖也掂量着心中的天平，沉思着回答道。医学院约有四十位教授。在决定卫生系下届教授的选举中，他们都有投票权。支持大湖的当然有，但部分教授有意从教育学院和附属卫生大专提拔，还有人提议从外校招聘。内部局势混沌不清，连大湖都无从揣测。

不过，可能还没到大湖亲自筹谋的时候……

"南平食品的事情会有转机吗?"

见丈夫抬起头,伸手去拿茶杯,志保子又问道。

"嗯……"

受害者方面已主动与他接触。在 S 市的市立医院住院治疗的一名肝癌患儿的父亲一直以受害者代表的身份与商家和县卫生部门交涉。去年年底的时候,他打电话给大湖,提出在元旦假期后见上一面,说有要事相商。

受害者们察觉到,在南平食品的企业责任问题上,大湖这个副教授不一定和吉见站在一边。如今教授不在了,他们想再听听大湖的意见。

大湖心意已定。

也许等一段时间再出具新的报告会更妥当,但大湖一定会在最后将于吉见蛮横干涉之前分析出来的结果公之于众,明确此次食品公害问题的责任所在。

既然如此,发展成诉讼就是必然的结果。大湖决心站在受害者一方。若能证明波比可和癌症患儿之间的因果关系,南平食品就不得不向患者支付大额赔款。说不定都不用走到这一步。见形势不利,商家定会开出与先前的"慰问金"相差好几位数的价码,意欲私下达成和解。

在即将到来的教授选举中,他的所作所为会带来积极的作用,还是消极的影响?……

毕竟医学院内有不少和吉见串通一气的教授。也许大湖的选择,会让他陷入孤立无援的境地。

但他无论如何都不能在这个问题上背弃原则。

"小小年纪就得了癌症,听着都让人心碎……"史子冲动的呜咽忽然在大湖的耳边响起。她说她给一个可爱的小女孩上过法语课,可惜那孩子被癌症折磨得离开了人世……

听完大湖的描述,史子肯定也和他一样恨透了吉见。所以她才悄悄伸出援手……!

大湖察觉到妻子正在观察自己的神色,面露讶异。

"南平食品的事情,怕是还要耗一阵子。"他随口敷衍道,不动声色地喝了口茶。

再次垂眼望向成捆的贺年卡。

先看正面,再翻过来。

同样的动作重复几次之后,他发现贺年卡中混着一张明信片。印有照片的一面朝上。刹那间,碧水青山铺满视野。只见一艘游船驶向湖心,拖出道道航迹。

"是箱根啊。"

志保子用轻快的声音喃喃自语。大湖也反应过来。照片背景中若隐若现的白色山峰正是积雪的富士山。瞧这湖的模样,想必是芦之湖。

翻到背面一看,大湖的姓名和住址以熟练的钢笔字写就。

供寄件人留言的区域一片空白。唯独邮票下方盖着"贺年"字样的橡皮章。

也没有寄件人姓名,唯有印在左端的哥特体文字"翠景酒店"。旁边则印着"箱根 湖尻 电话:〇四六〇——",英日双语。

八成是酒店客房配备的明信片。寄件人只写了收件人的姓名和住址。

箱根湖尻的翠景酒店……刹那间，心跳节奏突变一般的冲击涌向大湖。

"永原翠。箱根湖尻有座翠景酒店，她是酒店老板的大女儿。"那个夜晚，史子如此说道。

"……她在两年前杀害了一个人。从那天起，我不停地告诫自己，必须杀了她……"

明信片上的笔迹也很眼熟。以"绿园地产"的名义寄到大学的快件上，也有同样洋溢着知性的文字。

大湖顿感胸闷，不禁深吸一口气。缓缓呼气时，他在心里嘀咕起来。

直到片刻前，他还以为自己接收到了，也理解了史子的音信。殊不知，他只理解了一半！

"箱根的酒店怎么会寄贺年卡过来啊？你去过吗？"

"没有……不过近期可能会去开个研讨会。"

2

九天后，一月十日，星期一。

大湖浩平入住了芦之湖畔的一家日式旅馆。旅馆小巧精致，坐落于湖尻南侧的山坡。

从旅馆走去翠景酒店只需十分钟左右。透过房间的窗户，可以看到略显陈旧的白色酒店大楼的一部分。

新年的游客退潮后，箱根似乎正要进入一个比较安静的时期。乌云低垂，仿佛随时都会下雪。气温很低，湖边的马路上也车辆稀少。

湖面、逼近弯曲湖岸的原生林、开垦过的山坡上的枯树丛、环绕背后的群山……目光所及的一切，都笼罩在深灰蓝色的霜冻色调中。林中残雪点点。富士山本应出现在芦之湖的东北边，却连模糊的轮廓都未曾显现。

大湖在下午三点左右到达旅馆。被带进二楼的榻榻米房间后，他便往窗台上一坐，把手肘搁在扶手上，盯着萧瑟的风景看了许久。

住到了能直接看到翠景酒店的房间确实是出乎意料，但哪怕只能看到一部分，跟服务员打听时便有了抓手。自到达的那一刻起，大湖就不停地与负责他这间屋子的服务员搭话，力争给对方留下"爽朗健谈"的印象。

可一旦独处，神经质与些许忧郁便又爬回了他的面庞。将视线投向翠景酒店时，他眉间在不经意间挤出了深深的皱纹。

在福冈想起箱根时，总觉得那是一个非常遥远的地方。但坐飞机和新干线过来还不到五个小时。从东京乘新干线到小田原，再换公交车到湖尻。五个小时说短不短，但多次换乘反而让大湖觉得，时间的流逝快得让他眼花缭乱。

他还没有踏上箱根的切身实感。哪怕翠景酒店近在眼前，他仍有自己在看明信片的错觉。这也许是因为，从下定决心到付诸实践之间的日子太短了。

他竟一口气跑来了这里，与平时判若两人……

元旦当天收到的翠景酒店明信片，成了新的"音信"。

看到酒店的名字之前，他一直将吉见教授毒杀案当成一起独立的事件。他曾隐隐觉得,只要自己按送来的剧本完成不在场证明,而警方迟迟无法查明"神秘女子"的身份,案件就会被束之高阁,化作尘封的过往。

然而,他只理解了事态的一半。也许毒杀案只是"一对"的其中一方?

归根结底,大湖之所以会在巴比松的餐厅酒廊吐露对吉见教授的杀意,正是因为史子先他一步坦露心迹,说她必须杀死某个女人。

"我的心无处可逃,除非她死。"史子甚至说到了这个份上。史子的表述比他抽象得多,但他当时也已认识到,除掉吉见是自己唯一的活路。让两人的身心在电光石火间紧紧相依的,不正是这种神似共犯的意识吗?

没错。早在那时,史子就已经构建了"共犯"的计划。说不定,她还觉得大湖早已心领神会。

至少此时此刻,她肯定正盼着大湖替自己除掉永原翠。她对"吉见昭臣"这个陌生人展开了细致入微的调查,为大湖提供了完美的不在场证明,并在此基础上滴水不漏地实施了犯罪。前提是,史子就是进入警方视野的那名"神秘女子"——而大湖已不容分说地确信,不可能存在别的真相。

莫非翠景酒店的明信片是她给出的信号,意为"是时候启动计划的另一半了"?

对大湖来说,永原翠是个素未谋面的陌生人。也正因为如此,他有可能悄然接近她,而不让她有所戒备。与此同时,他说不定能在这个过程中遇到"鲛岛史子"。史子必然在永原翠的人际圈内，两人之间也必然有很深的联系。

兴许能找到史子。这份期待，化作让大湖仓促行动的直接动力。

总之，先暗中收集一些关于永原翠的情报吧。

既然要去箱根，那就最好趁寒假去。因为学校还没开课，他的行动不至于引起旁人的注意。

入住的旅馆是他查阅旅游指南后自行选择的。他给志保子的离家理由很是模棱两可——"J大卫生系要跟东京的一所大学合办研讨会，我要提前跟那边碰个头"。他还告诉妻子，自己应该会住东京的酒店，到了那边再联系她，从头到尾都没有提到"箱根"这个地名。志保子不是那种丈夫一出差就要问东问西的人。连箱根翠景酒店来过贺年卡这事，她好像都忘得一干二净了。

"打扰了。"服务员的声音从推拉门外传来。

大湖急忙从口袋里拿出先前戴着的太阳镜。偏粗的黑色镜框，搭配浅绿色的镜片。那是他前天从福冈的一家专卖店淘来的。戴上这副运动范十足的太阳镜，长鼻子和原本略显迟钝的面容便会给人留下年轻而豁达的印象。

负责这间客房的服务员年过四旬，身材娇小，一看就是老资格。

"您泡过澡了吗？"

她跪在门口的榻榻米上，瞥了一眼原样叠着的宽袖棉袍，如此问道。

"还没，我很怀念湖边的景色，进屋以后一直坐在窗口看呢。以前我总是春秋两季来箱根，这都快一年没来了……"

大湖刻意换上了关西口音。他出身大分县，但母亲那边有亲戚住在大阪，所以他从小到大经常听人说大阪方言，模仿起来不费吹灰之力。他在登记簿上写了大阪的地址和假名，职业栏则填了"作家"二字。

"箱根也是一年一个样呀，新建了好多酒店和度假公寓……"

"从这里望出去的景色倒还没什么变化——话说那边的酒店……是不是叫什么翠……"

"您是说翠景酒店？"见大湖抬起太阳镜，探出身子，服务员许是觉得有些滑稽。

"哦，对对对。我去年春天去东京办了点事，回来的时候就顺路跟朋友去住了两天。我那位朋友跟酒店老板的女儿好像挺熟的……可惜我到头来还是没见着。确实有位长得挺漂亮的千金吧？"

"是的，听说有一对姐妹花呢。"

"都在帮忙打理酒店的生意？"

"这我就不清楚了……只听说她们平时都住在桃源台那边。"

"翠景的老板住那儿呀？"

"是啊。"

服务员好像很熟悉这一带的情况，但又不是那种话多的类型。大湖刚来就给了她不少小费，所以她的态度还算热情。

"真羡慕在风景这么好的地方开酒店的人啊。我也特别喜欢箱根，每次来都想干脆搬过来呢。但年轻的姑娘天天住在这儿，怕是也有点无聊吧。"

"听说翠景酒店的两位小姐之前都在东京上学，只是现在都回来了。"

"真想一睹芳容啊。我那位朋友对人家是魂牵梦萦……可她们要是不来酒店,那我就没辙了……"

能打听到永原家的大致位置就不错了,大湖见好就收。问得太起劲,服务员许会生疑。这还没问多少呢,他腋下就冒了汗。

过了一会儿,服务员似是突然想起了什么。

"听说大小姐偶尔会去酒店餐厅弹弹钢琴,她好像是东京的音乐学院毕业的。"

紧接着,她问大湖想什么时候用晚餐。看样子,这才是她来访的目的。

临走时,服务员瞪大眼睛,凝视大湖片刻,似是觉得这位大冷天开着玻璃窗坐在窗台上的客人有些奇怪。几乎在同一时刻,大湖读懂了服务员的心思。他跟触电似的站了起来,关上玻璃窗,坐到了榻榻米上。

服务员又抿了抿嘴唇,似在憋笑,就这么拉开门出去了。

自以为举止自然,但在别人眼里终究有些不对劲——大湖又觉得浑身冒汗了。

从今往后,必须加倍谨慎。

在旅馆早早用过简餐,沿湖边的公路走向翠景酒店。

这一带的公路毗邻湖岸。

从公路拐进通往芦之湖的雪松林荫私道,便看到了那栋四四方方的三层白楼。和近几年新建的大型酒店相比自是倍显小巧。由白漆略微剥落的木栅栏围成的门廊古色古香,独具一格。

前院一片昏暗,停着两三辆车,寂静无声。

大堂也很安静。

穿过用雕的标本装饰的大堂,正前方的主餐厅映入眼帘。餐厅装潢典雅,吊灯洒下沉静的光。放眼望去,只有四五组客人。尽头处的角落里摆着一架深酒红色的三角钢琴,却不见钢琴师的身影。

大湖走到琴边。

透过蕾丝窗帘向外看去。草坪铺满平缓的下坡,再往前便是芦之湖了。还能看到小码头和微微起伏的小船。右手边有低矮的树丛,花园的面积相当可观。

大湖在钢琴后方找了张不起眼的桌子。片刻后,服务生过来点单。他要了苏格兰威士忌和烟熏鲑鱼。

服务生端来水兑威士忌时,他故作随意地朝钢琴那边瞥了一眼,用大阪口音问道:

"小姐今晚不来吗?"

"是啊。"服务生露出略带歉意的微笑。

"哦,是这样的,我听说这家酒店的小姐时常在这里弹钢琴,琴声很是动听,所以才特意来的。"

"这样啊,多谢您捧场。可惜小姐也不是每晚都来的……"

"知道下次是什么时候吗?"

"这……您稍等。"

盛有烟熏鲑鱼的盘子出现在大湖面前时,年轻的服务生说道:

"领班说明晚可能会来,因为明天有小姐的熟人住店。您若是需要,我可以打电话问问——"

"不用了……那我改日再来。"

第二天，偶有淡淡的阳光穿过云层的间隙。即便如此，冬季山区的刺骨寒意仍盘踞在凝重空气的底部。

湖面也静止不动，一片铅色。

大湖在临近中午时离开旅馆，去往永原翠的住处所在的方向。据说永原家是一栋建在斜坡上的洋房，与翠景酒店相隔两公里，离桃源台更近一些。至于房子的具体位置和外观，都是他昨天故作随意地从酒店服务生和旅馆服务员那儿套出来的。

房子一点都不难找。只见通往桃源台的公路暂时偏离湖岸，拐上山坡。山坡东侧覆盖着杂树林与灌木丛。房子就建在山坡的中段。白色的铁丝围栏和几段枸橘树篱将院子围了起来。在枯叶色的草坪和花木之后，矗立着墙色灰暗的壮观洋房。

那一带像是别墅区，宅邸风格各异，没有其他容易混淆的房子。

大湖确定石门柱上的名牌刻着"永原"二字，绕宅邸走了一圈，姑且怀着满意的心情折回坡道。

今晚就能近距离看到永原翠本人了。紧张与警觉的亢奋，似乎正堵在胸口。

大湖回了趟旅馆，看书打发傍晚前的时间。

五点半一过，他推掉旅馆的餐食，再度前往翠景酒店。

酒店与大堂似乎比昨晚更热闹一些。

走向餐厅时，大湖瞥见一对年轻男女站在平开门前的角落里说话。说时迟那时快，他停下脚步，目光被女子的全身所吸引。

二十五六岁的模样。小麦色的肌肤，棱角分明的西式长相。身材纤长，穿着以绿色为主色调的别致长裙。胸口的项链坠子光晕复杂多变，似是蛋白石。但最先引起大湖注意的是夹在她腋下的乐谱。莫非她就是永原翠？

和她说话的男人三十岁出头，穿着挺括的深色西装，面露惯于交际的笑容。但大湖听不到对话的内容。

他只朝那个男人瞥了一眼。全部的注意力为她所独占。

一看便知那是个魅力四射的女人。然而，在略微突出的颧骨下方凹陷的眼眸略带灰色，明明含着笑，却仿佛暗藏寒光。男人似乎开了个玩笑，只见她扬起薄薄的下巴，笑了一笑。但她的动作和表情，似乎都透着高傲的个性。

"她心冷如冰，傲慢自负……正是这份傲慢，让她在两年前杀害了一个人……"

大湖的耳边再次响起史子的声音。

他无法将目光从她的侧脸移开，仿佛被偶遇"命运"本身的冲击捆住了手脚。

第三个女人 ——————————— だいさんのおんな

目标

不行,必须沉住气。要更淡定一点。

1

永原翠指尖轻快。除了肖邦的小品、德彪西的《月光》等广为流传的金曲，她还随意穿插了几首新近的民谣。

今晚的餐厅约莫八成满，充满了安静却热情洋溢的气氛。昨天的服务生告诉大湖，倒也不是翠的琴声有多强的号召力，不过是因为她会挑有重要客人或自己的熟人入住酒店的日子出场。除了餐厅，酒店中庭的另一头还设有俱乐部，雇了专业乐队驻场演奏。

服务生称，今晚在音乐学院时教过翠的恩师将携夫人入住酒店，所以她要登台演奏，以示欢迎。

大湖很快便"找到"了那组客人。老先生留着银色长发，身材消瘦。老太太身着旧式咖啡棕天鹅绒长裙，身材虚胖。他们身边还有一位年轻女子,穿着亮丽的鼠尾草蓝喇叭裤套装。三人应当是一起来的,占着翠右手边的第一张桌子。翠每奏完一曲,他们都会送上殷勤的掌声,持续的时间比旁人都长。

方才在餐厅门口和翠站着说话的男人则坐在另一侧的墙边,抽着烟注视着他们。他从那个角度应该只能看到翠的背影。

大湖也是独坐一桌,和三人组隔了两三张桌子。翠演奏时,他能越过宾客们的肩膀看到她的侧脸。

演奏完毕,掌声雷动时,她总会轻轻扭动身体转向宾客,微笑着点头致意。然而,那双凹陷的深灰色眼眸总是冷静而清醒的。她的目光似乎只会从人们的头顶缓缓掠过,而不与任何人的视线相交。

大湖也一直都很小心,绝不与她对视。早在第一眼看到她的刹那,他就被某种神秘的恐惧所笼罩,仿佛终于遇到了命中注定要遇到的人。生出恐惧的原因,兴许是他已预感到自己与对方的关系将很快变成"行凶者与被害者"。莫非他的本能已经给她打上了"目标"的标签?

不行,必须沉住气。要更淡定一点。毕竟我还没有下任何决心——大湖拼命地自我暗示。他强逼自己仔仔细细地剔去油烤虹鳟的骨头,就着白葡萄酒咽进肚里。

连奏数曲后,便是中场休息。

翠把乐谱留在琴上,走下低矮的舞台,靠近三人组所在的餐桌。

大湖垂眼看着餐盘,侧耳倾听。

似有亲切友好的寒暄与赞美声传来。大湖听不清谈话的内容,却觉察得到气氛。他时不时听到翠喊对方"老师"。她的声音并不高亢,但很有穿透力。"老师"的声音也比寻常老者更加响亮有力,亲昵地喊她"小翠"。两位女士的声音则几乎听不到,毕竟她们完全背对着大湖。

老夫人时常咳嗽。演奏期间也咳,但现在咳得更频繁了,许是中场休息时比较放松。随行的年轻女子时不时轻抚她的背脊。每次她咳起来,谈话都会中断,其他人似乎都忙着照看她。

同样的情况出现两三次后,年轻女子站了起来。"伯母""药"之类的字眼传来,许是要回房取药。

大湖能感觉到她穿过餐桌间的缝隙,走过自己身后。化妆品的气味自耳后飘来。

当她完全走过时,老夫人扭头喊道:

"Fumiko[1]!"

年轻女子似乎停下脚步,回头望去。

"嗯?"她低声回答道。

"我还是回房歇着吧,影响人家表演多不好啊……"

话还没说完,老夫人又轻轻咳了几声。她拉开椅子,站起身来。

老先生和翠都说了几句话。

年轻女子折回桌旁。

四人又聊了几句,但最终还是依了老夫人。

年轻女子扶着老夫人的肩膀,缓步走向餐厅门口。再次经过

---

[1] 与"史子"同音。

大湖身后时，老夫人的手肘碰到了他的脖子。

"不好意思。"年轻女子轻声道。

待到抬起双眸也看不到那两人的身影时，大湖才抬起弓了许久的上半身。心跳异常剧烈。

"Fumiko……"老夫人确实是这么喊她的。

在那之前，大湖一直都将注意力集中在翠的身上，几乎没留意过那名年轻女子。甚至没看清她的长相。

然而——她叫"Fumiko"。这真是毫无意义的巧合吗？

在两人走出餐厅，服务生关上大门的刹那，大湖猛然起身，正要迈步离席，才急忙取下餐巾。

翠和老先生已然收回目光，继续交谈。

要是走得太急，会不会被人看出来自己是追着她们出去的？

大湖蹑手蹑脚，好不容易穿过餐厅。

两位女士正要从大堂尽头走进两边都是客房的走廊。

大湖假装打量雕的标本，与她们稍稍拉开距离。

片刻后，他也迈入走廊。两人好像上了楼，因为楼梯上方有咳嗽声传来。电梯在大堂另一侧的隐蔽处。不过她们既然走了楼梯，那就说明房间十有八九在二楼。

他又算了算时间，悄悄跟了上去，摘下一直戴着的太阳镜，塞进口袋。

只见两人在二楼走廊的中段拐进房间。穿蓝色喇叭裤的年轻女子让老夫人先进，然后关上房门。

大湖大跨步走到那扇门前，停在稍稍走过的位置，回头看向门板。

奶油色的木门上，挂着印有"237"的门牌。

室内与走廊寂然无声。

大湖伫立原地，屏息凝神。

Fumiko 和老夫人就在这扇门后。那个 Fumiko，会是鲛岛史子吗？

他一直怀疑史子那晚给的是假名。这种可能性似乎更大一些。

但"永原翠"这个名字好像是真的——尽管这也是理所当然的——不过细想起来，他也并没有认定"鲛岛史子"是假名的依据。认定史子给了假名，也许只是他与生俱来的悲观主义使然。

而且那位 Fumiko 确实和翠存在着某种联系。毕竟老夫妇是翠的恩师，而 Fumiko 又与他们关系密切。

不，也许没有那么简单……说不定史子料到了大湖会在今晚来到这家酒店，于是假装不经意地现身于他面前。

想及此处，他更是大气不敢出一下，凝视着门板。

他在元旦动了去箱根的心思，一月六日打电话订了去东京的飞机票。他给妻子的理由是"出差"，所以订票时用了真名。

莫非史子暗中关注着他的一举一动，也知道他的日程安排，所以才在今晚现身酒店？

自大湖收到最初的"音信"，到吉见教授遇害，"神秘女子"总是神出鬼没，行动机敏。倒也不是不可能……

就在这时，眼前的门板缓缓开启。大湖急忙后退两三步。所幸地毯吸收了脚步声。

Fumiko 走出房间，把门关好，再走到对面的 236 号房跟前，拿出小包里的钥匙，开门进屋。

大湖站在越过那两间客房的位置，几乎只能看到Fumiko的背影。算是偏丰盈的中等身材。留着到耳垂的短鬈发。

片刻后，她再次现身。蓝色套装外面多了一件起毛的外套。

大湖已经退到了离她更远的走廊尽头，生怕被发现。

某种如梦似幻的感觉使他动弹不得，只能目送她的背影走向楼梯，渐渐远去。

2

大湖暂时离开翠景酒店，在上方公路边的汽车餐馆等到了九点左右。

离开房间后，Fumiko又回到了餐厅。大湖去瞥了一眼，看到银发老先生、翠和Fumiko正坐在原来那桌交谈。

要不了多久，翠就会坐回钢琴前，继续演奏。

无论如何，都不能在他们待在一起时接近Fumiko。

但独自在大堂等又太惹眼了。被翠景酒店的工作人员和宾客记住，是他想尽可能避免的情况。

所以他离开酒店，选了一家室内高尔夫球场附属的大型汽车餐馆打发时间。

大湖对"九点"并无把握，只是觉得到了这个钟点，那位老先生也应该回房了。虽说他声音洪亮，但看起来已年近七旬，而且夫人的情况也不太好。

老夫妇住的是237号房。那就意味着Fumiko很有可能独自住236号房。

如果 Fumiko 就是史子，如果她知道大湖来了箱根，她定会从独处的那一刻起，屏息静候他的联系！

就算一切都是大湖的胡思乱想，晚上九点把年轻女子约出酒店客房也不算太离谱。

大湖走向餐馆角落里的公用电话。万幸的是，餐馆配备了四部蓝色电话，每部都有围挡。

四部电话都空着。大湖想等一个四下无人的机会，拖到九点零八分再动手。

拨打翠景酒店的号码。

接电话的是个男人。大湖说道："请转接 236 号房。"

"236 号房——是成濑小姐吧？"对方确认道。

"对……"

"请稍等。"

回铃音再次响起，两声半后戛然而止。

"喂？"

擦着上颚的低沉女声传来。好年轻的声音。一定是她。

"请问是成濑 Fumiko 小姐吗？"

"是的。"

"您好，我是……"

他在千钧一发之际摁住了自报姓名的冲动。万一她身边有人呢？再者，他还不确定她是不是那晚的史子。她好像不姓鲛岛……

"呃，是这样的，我在旅行的时候见过您……"

"旅行？是哪里呀？"

Fumiko 狐疑地反问。

"法国……巴黎。"

对方沉默片刻。

"啊……"突然,她发出恍然大悟的声音。疑似剧痛的悸动划过大湖的胸口。

"是前年秋天一起去法国的团友吗?"

Fumiko 继续说道,语气爽朗。

莫非她要把一切都藏在心里,直到与自己面对面?——这个念头在他脑海中一闪而过。

"是的,我们跟了同一个团……刚才在酒店餐厅见到您,觉得特别巧……"

"是吗!前一阵子,同一个团的关小姐还给我来了电话呢。"

"您要是方便,要不要见面聊一聊?"

"您在哪儿呢?"

"就在酒店附近。"

Fumiko 再次沉默片刻。

"行呀——那我去楼下大堂吧。"

"好……呃,大堂人来人往的,太吵了,要不去里头的俱乐部吧?大堂右手边拐进去,就有一间挺安静的俱乐部……"

"好,我认识。"

轻快的附和声,透着对翠景了如指掌的余韵。若她真是史子,那也是理所当然的。

"我马上就到。"

刚放下听筒,他便觉全身飙汗。

可转念一想，他根本无暇喘息。因为他刚才脱口而出的是"我马上就到"。对方误以为他就在酒店边上，说不定会很快下楼前往俱乐部。然而从汽车餐馆到酒店，用跑的也得六七分钟。

来到凉透的屋外，衣服下的汗水顿生恶寒。

冰寒的湖风穿过雪松，灌入酒店的私道。大湖发足狂奔。

酒店的俱乐部比餐厅更显宽敞，桌椅松散地摆放在三面墙边。正面有供乐队演奏的舞台，但眼下没人。舞台前方的空地许是舞池。

大湖一面调整呼吸，一面扫视被橙色灯光照亮的俱乐部内部。

客人有四五组，但总体还算安静。大湖昨晚也来瞥过一眼，情况同样如此。毕竟元旦假期刚过，今天又是工作日，酒店似乎还挺空。

稀稀拉拉的客人中，并没有 Fumiko 的身影。她还没来。

大湖松了一口气，尽可能找了张四周没人的桌子，坐了下来。

掏出手帕，正想抬头擦拭额头时，视野中出现了一个走进俱乐部的女人。鹅蛋脸，短发，黑底印花连衣裙外披着眼熟的马海毛外套。来人正是 Fumiko。虽然换下了喇叭裤套装，但大湖对她的步态还有印象。

使他全身僵硬的紧张感再次袭来。

Fumiko 停在俱乐部的中间，环顾四周。

大湖轻轻举起一只手。她很快便注意到了，迈步走来。

年纪应该在二十五到二十七岁之间。虽是鹅蛋脸，但面庞很是丰满。月牙形的眉眼。略大的鹰钩鼻下，长着嘴唇偏厚的樱桃小嘴，下巴短而窄。出身日渐没落的名门望族，但平时仍只和上流阶级来往——若不带任何成见，许会留下这样的第一印象。

Fumiko 也睁大眼睛打量大湖，嘴角泛着笑意，但没有笑开，毕竟她仍未明确回忆起昔日的"团友"。

"晚上好，好久不见。"

大湖用尽可能欢快的语气打了声招呼，做了个请她落座的手势。Fumiko 扫视左右，见两边的桌子都空着，才浅浅地坐下。她再次露出努力回忆的眼神，凝视大湖。

"您是不是……万一说错了也别见怪呀，您当时是跟朋友一起参的团吧？那位朋友好像是在广告公司工作的……"

Fumiko 嘟囔着，似是想通过大湖的面容勾起自己的记忆。嗓音低沉。和刚才通电话时相比，擦着上颌的吐字变得更明显了。那晚的史子也是嗓音低哑，不过她说她感冒了嗓子疼，所以声音可能和平时很不一样。

"然后您是……对了，您是位老师吧？"

大湖心头一凛。她是在拐弯抹角地暗示自己吗？

"我记得您说过，您在教会系的女子高中当老师……不好意思，请问您姓什么来着？"

"我姓……池上。"

写在旅馆登记簿上的就是这个名字。

"池上先生……好像有点印象了。那几天肯定受了您不少关照。"

服务生送来毛巾，问他们想点什么。

"喝点什么？"大湖问 Fumiko。

"嗯……什么都行……"

大湖意识到自己正口干舌燥，便点了啤酒和冷盘。

热毛巾碰上汗湿的手掌。介于惊慌与焦躁之间的忐忑隐隐袭来。

他本以为，只要再让他跟史子见上一面——不，哪怕只是远远看上一眼，他都能立刻认出对方。他有某种超越逻辑、发自本能的自信。

然而，他此时此刻明明就坐在同名的女子对面，却无法判断出她是不是那晚的史子。他觉得 Fumiko 的长相有些眼熟，好像能让他联想到某个人，但那个人也许无关当务之急。毕竟在尚塔尔公馆酒廊的黑暗中，他的视觉从未捕捉到史子的面容与身姿。

遥想学生时代的暑假，大湖和几个朋友去露营，和在营地碰到的其他年轻男女跳起了集体舞。原野上点起篝火，可周围还是很昏暗，几乎看不清舞伴的脸。

几轮跳完，换回最初的舞伴时，不可思议的事情发生了——他们立即认出了对方。明明没数数，也没开口交谈，可就是默契地认出了对方，也能感觉到对方认出了自己。每次轮到那位舞伴时，他都觉得格外刺激，倍感愉快。

第二天早上，他在营地找过那个女孩，但最终没能找到……

遥远往昔的经历，分外鲜明地重现于大湖的脑海之中。

莫非黑暗中的相识，只有在同样摒除了所有视觉杂质的环境下才能拾回？

不，不可能。在那个夜晚，史子和大湖显然以超常的直觉和洞察力理解了对方。直到此刻，大湖仍对那场千载一遇、宛若宿命的相逢深信不疑。

所以他无比坚信，他们重逢时定能一眼认出对方。谁知——

要不干脆报真名试试？

问题是，眼前的 Fumiko 若与此事无关，大湖此举便会给她留下"怪人"的深刻印象。

不过话说回来，如果 Fumiko 就是史子，那她说不定会比大湖更加谨慎，不确定对方的真实身份，就不说一句真心话。也许她查明了大湖的日程安排，却还不知道他的长相。而且大湖绝不能忘记，她已经完成了决定性的行动。说得再极端点，他甚至无法排除"她怀疑眼前的人是刑警"的可能性。

摇摆不定、原地兜圈般的焦躁感涌上心头。

只能谨慎行事，一点点亮出底牌。

啤酒和冷盘上了桌。服务生将啤酒倒入两人面前的酒杯。

大湖把酒杯举到与脸同高的位置，史子也象征性地举杯。两人同时将杯子送到嘴边。

"对了，您和翠小姐是老相识？"

"咦，您认识她？"

Fumiko 微微探出下巴。

"也不算认识吧……就是听说她是酒店老板的女儿，时不时会来餐厅表演一下。实不相瞒，我今晚就是来听她弹琴的。"

"哦……她确实弹得好。不过她今晚大概是特意为我伯父来的……"

"您的伯父，就是刚才跟您一起在餐厅里的那位？"

"对——小翠在音乐学院钢琴系深造的时候，伯父还在带学生呢，后来才退休当了大学的理事，所以小翠也算是他的关门弟子吧。"

"您伯母好像也来了？"

"他们每年寒暑假都会带上我来箱根静养。伯母身子不好要人照顾，而且我平时都在大学给伯父打下手。"

"哦……难怪您跟翠小姐那么熟。"

"我跟她也没多熟啦，就在伯父家和这里见过三四回。"

她的回答好似在躲闪。

她确实让大湖想起了一个人。而且这种感觉，在某种程度上加剧了大湖的焦虑。

他怀着被人追赶的心境，更进一步。

"您去过法国很多次？"

"算上那个团的话，总共三次吧。"

"有时也一个人去？"

"不，都跟朋友一起，还有一次是陪伯父伯母去的。"

"都往哪里去呀？比起巴黎市区，我更喜欢南边的郊区……"

言及此处，他盯着对方的眼眸，压低声音。

"好比卢瓦尔河谷、枫丹白露和巴比松……"

Fumiko 缓缓眨了一次眼。

"我也听说卢瓦尔的古城很有韵味，可惜这几趟都只去了巴黎。每次都想去来着，最后却把时间耗在了圣奥诺雷路和香榭丽舍大街……"

Fumiko 噘起嘴，无声地笑了。

看到她的表情，大湖才反应过来。带刺的郁闷心情随即在心田漾开。

被勾起模糊的联想，却迟迟没能想起来的，是高中的一个女同学。那所高中位于大湖出生长大的地方——大分县内陆的乡下小镇，人口三万左右。大湖家是贫苦的农户，女同学家却拥有镇上的老字号医院。她在班上搞了个全是富家子弟的小团体。

因此，她和大湖并无深交，彼此漠不关心。

唯独一次例外。当时她生了肺炎之类的病，缺了两个星期的课，于是来问大湖借笔记。大概她觉得大湖是全班公认的尖子生，找他借准没错，尽管他们平时都不怎么说话。

大湖不仅没能拒绝，还答应人家抄好笔记之后送上门去。

说到做到。

在一个冷雨霏霏的初冬下午，大湖登门送笔记。女同学将他请到客厅，奉上红茶，还给了他一个用百货店包装纸裹着的细长盒子，说是谢礼。但那之后，她的举手投足都隐隐透出希望大湖赶紧走人的意思，所以他只坐了一刻钟便告辞离去。

回家打开一看，盒子里装着一支进口的自动铅笔。

若只是这样，倒也没什么。但大湖事后偶然听说，他送笔记那天恰好是那个女同学的生日，而他上门的时候，正好有几个同学在她家聚会。其中还有三四个男生。

难怪她接过笔记，给出谢礼之后，就盼着大湖赶紧走人。

大湖心里很不是滋味。与其送什么自动铅笔，倒不如问一句"要不要一起玩"……大湖并不想加入他们的小团体。但只要对方开口相邀，他就会舒服很多……

简而言之，她知道自己出于礼节应该用茶水招待帮忙抄笔记的同学，并回赠礼物。但她对家境出身、经济条件和生活水平不同于自己的人，也就是"住在另一个世界的人"全无兴趣，连天都懒得聊。

听说高中毕业后，她进了长崎的一所女子大学。如今她肯定已经在自己的生活圈里找到了门当户对的丈夫，继承了家里的医院。

大湖家境贫寒，父母甚至无力供他这个长子上大学。所幸班主任对他很是关照，反复找他父母做思想工作。最终，父母同意他考大学，但家里只出学费，其他费用得靠大湖自己勤工俭学。

双亲都不在人世了。弟弟继承了家里的一亩三分地，一边在作坊上班，一边兼职务农……

正是Fumiko的笑颜，让大湖想起了家里开医院的女同学。偏大的鹰钩鼻加樱桃小嘴，还有舌头擦着上颌的文雅发音……细想起来，两者的共同点多得出奇。

对大湖而言，这样的脸代表了女人的一种类型，能唤起自己排斥、烦躁、屈辱和各种扭曲阴暗的情绪，极具象征意义。

说不定早在和Fumiko面对面的那一刹那，他就已经意识到了。也可能是意识到了，却不自觉地试图回避这个事实。

恰在此时，俱乐部里的灯光突然变暗。

唯有中央打着浅色的聚光灯，照亮了四五位乐手和身着亮片长裙的女歌手。看来演出就要开始了。

大湖那桌的周围被昏暗笼罩。

将视线移回Fumiko时，他再次心惊，不禁倒吸一口气。

为了看清舞台，她挪了挪椅子，此刻有半个背对着大湖。舞台灯光斜射过来，照得她的额头和交叠的双腿微微发白。

那双腿美得惊人。纤长而圆润，没有一丝赘肉——

风暴之夜的史子坐在酒廊深处的高背扶手椅上。在闪电划过天际的刹那，如雕塑般修长的腿和白皙额头的一部分烙印在大湖的眼底……

她就是史子吧？疑念再次涌入他的胸膛。如果流于表面的对话和空虚的笑容，都是史子为了掩饰身份演给他看的呢？

若能在与世隔绝的黑暗中独处，她也许会展示出自己是史子的些许证据。

到时候，那晚的纯粹激情能否重燃？

但如今的他已经看到了她的容颜，听到了她平时的谈吐，也认知到了由它们象征的内心世界。他是不是无法再沉浸于那种陶醉状态了？

不，不会的。只要再度迎来身心合一的时刻，她的面容与声音，还有一切的一切，都必定会变得美好动人，催生出新的认知。

即便是有大把的时间与机会共处的男女，在互生情愫之前，又能对对方有多少准确的认知呢？

当务之急，是更仔细地辨别她在黑暗中的模样。

正凝神注视时，她松开双腿，转身面朝他道：

"聊了这么久，我也该走了。"

她将手表举到有灯光的位置。

"还得服侍伯母吃药呢。她有哮喘，今天咳得特别厉害……"

似有弦外之音：可以明天再聊……

再创造一个机会——大湖灵光一闪。

"今晚突然约您出来，实在是不好意思，"他用平静的语气客套道，"您会在这儿住几天呀？"

"应该会待到后天吧。"

"哦——我住在更靠近元箱根的麓馆。如果……呃，要不我们明晚这个时候再来这儿坐坐？"

Fumiko 露出和善的微笑，微微歪头。那表情又让他想起了递给他自动铅笔盒子的医院千金。

"那我先走了，晚安。"

她正要迈步。

"啊——"大湖叫住了她，"恕我冒昧，请问您的名字是哪两个字？"

"文章的文，孩子的子。"

"哦……也不知为什么，我总觉得是历史的史呢。"

她又看了看表，快步远去。

3

第二天，大湖在旅馆客房窝了一整天。到箱根的那天乌云低垂，颇有些要下阵雨的意思，不过从昨天开始，天气似乎有所好转，第三天便已是晴空万里，寒气也稍有缓和。

天气这么好，他却把自己关在小房间里不出门，服务员怕是会起疑心。大湖很是忐忑，却强压着纷乱的思绪，在房中凝神等待。因为他心怀期许——如果史子确信他就是大湖浩平，说不定会暗中联系，尽管她昨晚没有任何表示。

昨晚临别时，他抛出了"史子"这个名字。既然对方的真名里没有"史"字，那就无异于一锤定音的信号。

谁知等到晚上，也没有电话打来。

等到九点多，他再次前往翠景酒店的俱乐部。

路过餐厅时，他偷偷瞄了一眼，但没见到翠和文子。昨天钢琴演奏开始前和翠站在走廊上聊天的三旬男子倒是和昨晚一样，独自坐在墙边用餐。

俱乐部比昨晚更冷清了。

大湖有些后悔。就算要再制造一个和文子见面的机会，也该换个地方才是。一个不是住客的人频频进出酒店，难免会引人注目。如今想来，也许一开始就入住翠景才是明智之举。

昨晚也是一时没想到其他合适的地方。如果文子再度现身，就约她去一个能独处的地方吧。

他似乎总是笨手笨脚的，不得要领。

不过话说回来，倒也不必太介意频繁进出翠景的事。毕竟他还没下任何决心。他反复劝慰自己，好让心情平静下来。

不过是想和史子取得联系罢了。

今晚的演出也是九点半开始。时间一到，俱乐部就调暗了灯光。

他一直坐到十点半，但文子始终没有现身。

等待期间，判断力重归心神。

她肯定不是史子。名字读音相同不过是单纯的巧合。"Fumiko"也不是什么稀罕的名字。

他却差点认定，史子发挥了巫师般的神力，料准了他的每一步行动，并为此现身翠景酒店。他真是疯了，急得乱了阵脚。

至于文子双腿交叠时的动人剪影……他也无法一眼判断出这是否与巴比松神秘女子的残影相吻合。他必须承认，自己的视觉记忆也远比他坚信的无力。

无论如何，成濑文子那个类型的女人，都不可能有成为"史子"的时刻。

而史子……大湖还没有在脑海中具体勾勒过史子的容貌。但他至少可以断定，她绝不会顶着那样的面孔！

大致得出这个结论时，他生出了复杂的解脱感。

十点半过后，表演落下帷幕。大湖也离开了俱乐部。

刚迈上走廊，焦躁便死灰复燃。

算上今晚，他已在箱根住了三晚。明天再不回福冈，妻子怕是会起疑。更何况今天白天打电话回家时，他告诉妻子"明天应该就能回去了"。寒假已近尾声，马上就要开课了。天知道大学那边会不会有事找他。

他在箱根耗了三天，却只亲眼看到了永原翠，并打探到了她的住处。到头来，连史子的影子都没摸到分毫。

还是得从翠的社交圈入手。因为史子和她必然有千丝万缕的联系。

走回大堂时，他的视线被一个从面前横穿而过的男人所吸引。他穿着深色西装，分明就是昨天和翠站着聊天的人。他刚才还独自待在餐厅……

只见那人走出连通客房的走廊，消失在另一侧的通道中。

大湖停下脚步。

第一次看到翠和那人时的情景浮现在脑海中。当时大湖光顾着观察翠了……不过从那人跟翠开玩笑的感觉，还有他们临别时给人的印象来看，他们的关系应该是既亲密又随意的。话虽如此，又没有为对方着迷的感觉。那人听翠演奏时坐在只能看到她背影的位置，神情甚至透着几分从容，想起来了就瞧上她一眼，她稍微弹错一个音，他的嘴角还会泛起玩世不恭的苦笑……

驻足片刻后，大湖随那人走进一条"L"形的走廊。走到昏暗的角落时，他从口袋里掏出太阳镜戴上。昨晚追到文子入住的客房后，他就几乎没怎么戴过了。

这边有娱乐室和卖杂志、药品的小卖部，斜对面则是一扇门，门上的"Bar"（酒吧）以老式银字拼成。餐厅这一侧的建筑好像要更老旧一些。

摆着老虎机和台球桌的娱乐室和小卖部都不见那人的身影。

大湖推开酒吧的门。

酒吧的装潢很是朴素，柜台穿过狭长的空间，苍白的日光灯将室内衬得略显清冷。

只见那人坐在深处的凳子上，拿着电话听筒说话。除了他，还有两位男性顾客坐在吧台中段，边喝边聊。

大湖走到两人组和正在打电话的男人之间，毅然坐在了后者旁边。他发现这间酒吧和餐厅一样，面朝湖边的庭院。那人身后的酒吧尽头有一扇玻璃门，走出去应该就是庭院了。透过帘子的缝隙，能借着院子里的灯光依稀辨认出被低矮花木覆盖的斜坡和昏暗湖面的一部分。不时有风吹过，让那扇门微微作响。

吧台内侧只有一位身着白色罩衣的初老酒保。他带着谨严的神色过来点单。往身侧一瞥，只见那人面前摆着一杯加冰威士忌，边上还有一瓶挂着白色标签的欧伯酒。看样子应是爱酒之人。许是晚餐后回了一趟房间，然后再出来喝两杯。

大湖点了一杯威士忌酸酒。他并不讨厌喝酒，但对酒量并无自信。而且此刻还有自制心作祟。

那人貌似在谈公事，用命令的口吻跟对方说着话。他提到了几个听着像专业术语的外语单词，还有美元和马克，但大湖推测不出他的职业。

通话终于结束后，那人立刻举杯痛饮，一副口干舌燥的样子。

接着，他把头一转，像是刚注意到邻座的大湖。他的头发略微卷曲，宽额大眼。额头和脸颊的皮肤泛着油光。深色西装包裹住偏胖的身躯。衣服的布料和银点胭脂色领带，似乎都是精心挑选过的。

目光相遇时，大湖微笑着点头致意，仿佛在说"打扰了"。对方回以友善的眨眼。

不出大湖所料，那人喝酒的节奏很快，一眨眼就干掉了第三杯加冰威士忌。大湖回想起他昨晚在餐厅里接连抽烟的模样，心想他莫不是更爱喝酒而非吃饭。

他再次对酒保竖起手指，要了第四杯。

正要调酒的酒保告诉他，欧伯已经空了。他立即让酒保新开一瓶。酒保打开新酒瓶的瓶塞，为他满上，然后取下空瓶瓶颈处的白色标签挂了上去。打印在标签上的罗马字肯定是那人的名字，只是从大湖的角度看不太清楚。单这一点，就足以体现出他是酒店的常客。

他没动面前的酒杯，而是双手搁在吧台上点了烟，又朝正面吐出一口烟雾，显得很是享受。

"呃，恕我冒昧——"

大湖看准时机开了口。对方放下靠近大湖的手肘，投来视线。

"是这样的，昨晚我看到您跟永原翠小姐在餐厅门口说话……您跟她很熟吗？"

大湖手指轻扶太阳镜，用彬彬有礼的关西口音问道。

"嗯，算是老相识吧。"

"哦……哎呀，她的琴声真是太美妙了，本以为今晚能再饱耳福呢……实不相瞒，我是刚才在那边看到了您，就一路跟了过来，想找您打听打听。"

是不是问得太多了？——大湖心里发怵，却还是任关西口音的黏糊劲牵着自己往下说。

"找我打听？"那人微微一笑。笑的时候，那双眼眸竟多了几分可爱。他看着像比较傲慢的类型，不过此刻心情很好。似有纯粹的好奇心让他耐心等待着大湖的下一句话。

"是呀，敝姓山下，在琵琶湖那边开了一家小俱乐部……请问您贵姓？"

"我姓梅崎，来自东京。"

大湖做了个掏名片的动作。对方便也把手伸进内袋，抽出一张名片放在吧台上。于是大湖便道：

"哎呀，实在抱歉，我好像把名片夹放在另一件外套里了……"

梅崎的名片上印着"OS商会专务董事 梅崎定男"。

"您是做什么工作的呀？刚才我无意中听到，您打电话时用了些很复杂的专业术语……"

"不过是家小型的贸易公司，主要从联邦德国进口特殊机械，好比农业设备。"

"哦，原来是这样。——说回刚才的话题吧。我就是想跟永原小姐签个合同，请她来我们店里表演……"

"您的俱乐部在琵琶湖吧？我觉得够呛……"

梅崎喝着酒，苦笑着歪了歪头。

"唉，我昨天还逮着个服务生打听她的名字呢，没想到她居然是酒店的大小姐。还说她是音乐学院毕业的，有兴致了就来弹上几曲……"

"是啊。她不差钱，又心高气傲，才不肯大老远跑去关西呢。"

"东京的场子是不是还有点希望？"

"毕竟从音乐学院毕业后，她在东京的一家会员制俱乐部干过一段时间，因为父亲反对才不情愿地回了老家。现在就收了两三个小徒弟，一对一辅导，怕是都闲得发慌了。"

梅崎饶有兴致地聊起了翠，不过语气中带着疏离。几杯酒下肚，终究是眼神微醺。玩世不恭的笑意漾出眼角，一如听到翠弹错时露出的表情。

"听说她还有个妹妹？"

"对，比她小两岁吧。据说姐妹俩同父异母，但长得很像。"

"她们多大年纪呀？"

"翠应该是二十七吧，所以小茜大概是二十五……"

"妹妹也是学音乐的？"

"不，她好像是学画画的。"

"姐妹俩都是单身？"

"是啊。"梅崎再次面露苦笑，点了点头。

"翠那么有魅力，肯定有未婚夫了吧？"

问得太急躁了。再这么问下去，会不会被梅崎记住？——但大湖无法摆脱心中的焦躁。一旦错过眼前的机会，就找不到人打听翠的情况了。

大湖也续了一杯威士忌酸酒，继续发问。

"恕我冒昧，莫非您是她的……"

"不不不，别看我这副样子，其实我已经成家了。"

梅崎举起丰满的左手，亮出无名指上的铂金戒指，又用夸张的动作摆了摆手。

"坦率地讲，我跟她算是无话不谈的玩伴吧。"

大湖笑着看他。见状，他又说道：

"真不骗您，不信的话，您可以直接问她……"

梅崎回头看向门口，动作因醉意略显迟缓。莫非他跟翠约在这里见面？

大湖急了。他想赶在翠现身之前尽可能打探出更多的信息，然后离开这里。仍有诡异的畏惧与警觉作祟，让他不敢直接面对她。翠的面容，早已刻在他眼底。

"不过翠小姐总有心上人吧？"

见对方已陷入感官弛缓的状态，大湖鼓起勇气问道。

"现在应该没有吧。追她的倒是不少，但她毕竟是个不知人间疾苦的大小姐，心比天高，还反复无常，难以捉摸……"

"现在没有？"

"以前好像有过一个心上人，但那人是有妇之夫，所以没法结婚。不过她似乎是动了真心的。"

梅崎的眼角不见了讥讽的笑意。只见他用略显阴沉的目光盯着吧台后架子上的一点，仿佛在回望往昔的阴霾。

"……啊？"

"但那人死了。两年多前出的事。"

大湖停顿片刻，以掩饰突然被掐住心脏的紧张，然后举起酒杯问道：

"出事？……莫不是什么不寻常的死法？"

"在家工作的时候煤气中毒……据说他的主要工作是翻译法国文学作品，但也在话剧团当导演，在圈子里小有名气。"

"那人叫什么啊？"

"久米伦也。死的时候才三十四五岁吧。"

大湖对这个名字有模糊的印象。两年前他也住在福冈，但好像读到过本地报纸关于那起事件的报道。

"哦，我想起来了。所以……那真是意外吗？"

"当时大家议论纷纷，有说是意外的，有说是自杀的，还有人怀疑是他杀。他住在四谷的公寓。妻子傍晚回家的时候，发现人倒在书房。煤气炉的火熄灭了，家里充满了煤气——到头来警方也没找到明确的证据，就按意外事故处理了。结案之前，翠怕是被审了好几回。"

梅崎用鼻音喃喃自语，带着几分嗜虐的快感。

"毕竟那人是有妻室的，他们是见不得光的关系。所以警方怀疑是情感纠纷引发的犯罪……"

"哦……"

大湖不禁长叹一声。梅崎绝对想象不出这声叹息背后的含义。

"正是这份傲慢，让她在两年前杀害了一个人……警方也尽力调查过了，就是找不到指向他杀的确凿证据。但我一清二楚。"

史子的声音再次从记忆的深渊中向大湖轻声诉说。

"从那天起，我不停地告诫自己，必须杀了她……"

过了一会儿，大湖用生硬的口吻问道：

"久米伦也先生的遗孀还住在东京吗？"

"天知道，我也不清楚……

"说不定她继承了丈夫的衣钵，从事着翻译法国文学作品的工作……"

4

在箱根逗留三晚后，大湖浩平下了山。

细细想来，此行的目的均已达成。

所谓"目的"，就是了解翠景酒店的情况，亲眼看看"永原翠"，尽可能收集关于她的信息，确定她是否符合史子的描述，同时探寻史子……

如今他已大致掌握了翠景的内部情况，并锁定了翠位于酒店北面的住处。

他还有幸看到了翠的面容。看到了与梅崎站在酒店餐厅门口交谈的她，还有演奏钢琴时的她。

讽刺的是，她给大湖留下的印象和大湖根据史子的只言片语而联想并勾勒出的模样高度一致。身披迷人蛊惑的气质，内心却冷若冰霜，性格傲慢。高挺的鼻梁和颧骨之间的凹陷灰眸，将这一切体现得淋漓尽致……

而且，与她有亲密关系的男人在两年多前死于非命。

听到这里，大湖便告辞离开了酒吧。虽说梅崎喝得很醉，但他若继续追问，对方定会起疑。他也怕自己掩饰不住，让对方瞧出异样。翠随时都有可能出现的事实，也如执念一般催赶着他。

不，哪怕他及时抽身，梅崎也有可能带着些许疑念记住大湖。可就算警方有朝一日找梅崎问话，他也只能回答，"那人有关西口音，在琵琶湖边开了一家俱乐部"。

大湖坐公交车和小田急特快，在午后到达新宿。

打车前往区立图书馆，翻阅旧报纸的缩印本。

去年十月，史子说事情发生在"两年前"，而且出事的时候必然是用煤气炉的季节，所以他重点查阅了十月底到十一月的社会版。

他很快就在一九七×年十月二十九日的早报上找到了相关的报道。从现在算起，那应该是大前年了。许是那天没有其他重大事件，翻译家久米伦也死于煤气中毒的报道配了两行标题，甚是醒目。

内容则相对简略——

十月二十八日晚七时许，妻子悠子（二十七岁）下班回到四谷的公寓，发现丈夫久米倒在榻榻米上，书房里充满煤气。煤气炉的阀门拧开了八分，但没在烧火。悠子立即关闭阀门，叫来救护车，然而久米早已死亡。死因是煤气中毒，死亡时间为晚六点左右。

悠子称,久米并无自杀的迫切动机,家中也没有发现遗书。鉴于煤气炉上架着水壶,警方更倾向于意外事故,可能是热水溢出浇灭了火,但久米没有发现。原因仍在调查中……

报道后附有久米伦也的简历。

一九四×年生于东京,三十四岁。于S大学法语系取得硕士学位,留校担任助教、讲师。后受邀加盟"Jardin"剧团导演部,在翻译法国小说和戏剧的同时发表原创诗歌……

两天后的早报刊登了一篇短小的后续报道,称警方未能发现指向自杀或他杀的证据,判定久米伦也系意外身亡。

"二十七岁的妻子悠子……"

大湖喃喃道。

"久米悠子……"

好美的名字。身侧似有娇兰的香味倏然重现。

第三个女人　──────────　だいさんのおんな

沙漏

变化过于极端，反而引人生疑。

1

随着二月的到来,教授选举日渐临近,学院内部暗潮汹涌。以药理学教授为首的小团体运作得最是积极,他们力推的鹿儿岛某私立大学卫生学教授有可能成为大湖最有力的竞争对手。

南平食品公害事件的受害者们也在一月底正式委托大湖对波比可和小儿肝癌的关系开展二次调查。大湖接受了委托,谨慎回溯了先前的分析步骤。同样的结论摆在眼前:肝癌患儿层出不穷的原因,无疑是商家在生产过程中使用了发霉的陈年淀粉。

而且县卫生部首次委托J大卫生系开展分析调查也就是去年八月的事情,当时便由大湖亲自操刀,所以不至于出现"分析时间过晚导致样本变得陈旧"这样的反驳言论。

但"何时公布调查结果"就是一个非常微妙的问题了。站在受害者的角度看，当然是越快越好。毕竟他们要尽快提起诉讼，打赢官司，获得赔偿。

然而，一旦发布与吉见教授针锋相对的观点，就等于在告发吉见捂住了大湖的嘴。与吉见通同一气的教授们定会在刺激之下愤然反攻，大湖必须做好充分的思想准备。

一触即发的情势，让大湖暂时将"箱根"抛在脑后。

直到福冈县警搜查一课的古川警部再度来访，他才不得不想起这个"迫切的问题"。

二月十一日[1]那天放假。临近中午时，大湖拗不过女儿们，准备带她们去附近的体育用品店买羽毛球器材。刚走到前院，便看见古川警部站在住宅区清冷的坡道中间。许是警察也放假，他的衣着很是随意，上身夹克，下身则是灰暗的格纹长裤。与大湖目光相触时，和善的微笑立刻浮上红润的面庞，他迈开定住的双腿，朝大湖走来。

"哎哟，好久不见——要去散步呀？"

"嗯，对……"

"我家就在那个小山头后面。散步的时候稍微走远一点，就会经过这里。"

警部朝阶梯状住宅区下方的小山头轻抬下巴，再次露出和煦的笑容。

还记得吉见毒杀案刚发生时，警部在某个十二月的星期天早

---

[1] 日本的建国纪念日。

晨以上班路上一时兴起为由，进大湖家的客厅盘问了许久。

这一回，他是不是也是专门来找大湖的？

刚才他就站在坡道上打量大湖家的房子，仿佛是在推敲问话策略……

大湖让孩子们先去体育用品店，怀着破罐破摔的心情直视古川。

"教授的案子有什么进展吗？"

"唉，实话告诉您吧，我都快愁死了。搜查本部还没解散，但也没剩几个专职的了。毕竟过年的时候案件频发，不得不把人调去别处。"

"没查到重大嫌疑人吗？"

"嫌疑人一直都只有一个。"

警部原本装模作样地眺望着冬日微弱阳光下的阶地远处，此刻却忽然回头看向大湖，如此回答。大湖顿时心头一凛，总感觉对方的弦外之音是"嫌疑人一直都只有你一个"。看向那以黑框眼镜收敛的温和面庞，大湖只觉得镜片后的双眸仿佛更犀利了。

"……一个？"

"就是那个女人。在案发前一天的婚宴上接近吉见教授的年轻女人。在事发当天下午两点二十分左右走进教授家的黑衣女人。我们逐一排查了所有的嫌疑人，认为凶手只可能是她。"

"哦……这样啊。"

"可问题就出在，我们没能在吉见教授的社交圈里找到符合条件的女人。"

"肝癌患儿的母亲里不是有很多年纪相符的吗？撇开教授的

分析结果是否正确不谈，她们怕是都对教授怀恨在心……"

"我们也对患儿母亲开展了滴水不漏的调查，但她们都是清白的——因此我们不得不假设，那个神秘女人并不在我们梳理出的对教授有直接动机的人里。"

说到这里，古川再次细细凝视大湖。难以形容的压迫感袭来。大湖明知尽量少说才是上策，但为了摆脱窒息感，他还是下意识问道：

"那警方是怎么看待这起案件的呢？"

警部愈发亲切地凑了过来，随意一笑。

"我还想请教请教您呢——不过嘛，硬要说的话，倒是有一种可能性。"

"……哦？"

"委托谋杀。说白了就是某个渴望除掉吉见教授的人委托没有直接动机的女人下毒。但以往的案例几乎没有委托完全无关的人行凶的情况，除非是找黑帮。而且执行者是个女人，那十有八九是自己的情人或者和自己有某种联系的人，照理说在调查过程中总能发现蛛丝马迹的，所以我们才一筹莫展啊。"

古川警部叹着气，从夹克口袋里掏出了烟。大湖问他要不要进屋喝杯茶，他反而慌忙婉拒，并为打断大湖的散步道歉。

"不过嘛，我们还没有放弃对那个女人的追查。对两百多名婚宴宾客的走访调查也没有彻底结束——如果您想起了什么，请务必打电话联系我，再鸡毛蒜皮的事也不要紧。"

临别时，古川警部如此补充道。镜片后的双眸，似乎在观察大湖的反应。

警方想到了委托谋杀……

大湖大受刺激，在原地呆立许久。

这种可能性一旦浮出水面，再牢不可摧的不在场证明也护不住他。动机越强的人就越是可疑。

不能再磨蹭了。热血上脑般的焦躁涌上心头。

鲛岛史子肯定正盼着大湖对永原翠采取行动。如果他继续犹豫不决，拖拖拉拉，让史子对他的决心生出了怀疑？

到时候，她会不会写信给警方暗示大湖委托他人行凶，不惜冒着自己被捕的风险，也要报复他的背叛？

自我厌恶随即袭来。他皱起眉头，狠狠摇头。那可是史子啊，怎能以小人之心度君子之腹？岂能用自己的双手玷污他们在灵魂与肉体层面的紧密相连？

如果这也是自己的悲观主义作祟，那世上最可悲的性情莫过于此。

不会的，史子绝不会对他的决心产生片刻怀疑！

当巴比松之夜的温柔触感悄然复苏于肌肤时，他坚定了对她的信任，安下心来。

此时此刻，她肯定也深信着他。

想及此处，他再一次毛骨悚然。因为他感到，他已有一只脚迈过了本以为自己永远都无法跨越的分界线。在遭遇意外，做出反应之前，人对自己是不是都没有一星半点的了解？

无论如何，都该抓紧了不是吗？——他决定先不做出最后的决断，继续思考。

听古川警部的口气，饶是警方也还没有关注到"委托完全不相关的人行凶"的可能性。他似乎认为，除非行凶的是黑帮，否则不太可能出现这种情况。

只要警方还抱有这种思维定式，死在远离福冈的箱根的无关之人，就不太可能触及他们的雷达。

问题是，什么时候行动？——先假设他会采取行动。

史子的不在场证明要怎么办？

吉见一死，警方就将怀疑的目光投向了大湖。同理，如果永原翠死得蹊跷，史子也必定是有动机的人之一……

女儿们沿坡道折了回来，许是来催迟迟不见人影的父亲。

大湖朝她们走去，两眼发直地开动脑筋。

史子提前给大湖发来剧本。他只需按剧本行事，便有了牢靠的不在场证明。

大湖却不知道该把类似的剧本送往何处……

"今天没开门！"

上一年级的小女儿用手指钩着他的手，很是扫兴地噘起了嘴。

"没开门？"

"明光商店每星期五休息，今天刚好是星期五，"大女儿补充道，"好可惜啊，本想跟爸爸打羽毛球的……"

听到这儿，大湖才反应过来。他们本打算去买羽毛球器材的那家店没开门。因为放假的关系，他下意识觉得今天是星期天，实则是星期五。

"峰屋肯定有卖的吧？"

大女儿提起离家最近的百货店，抬头露出撒娇的神情，揣摩大湖的心思。

"百货店也不开吧？"

"开着的，峰屋是星期三休息。"

"哦，那就去逛逛吧。"

孩子们欢呼雀跃，冲回家准备出门。

半路上有说有笑，"爸爸最近可真好说话"……他也确实感觉到，从箱根归来后，自己对妻女变得格外体贴了。变化过于极端，反而引人生疑。他在脑海的角落里琢磨着，略显茫然地目送孩子们远去。

还得掌握永原翠的生活规律。那晚梅崎定男笑她"怕是都闲得发慌了"，但他总得摸清她一般在星期几外出，去什么地方……

正要再次迈步，他又停了下来。

他下意识做出用右手抬起左手的动作。将左手缓缓靠近眼睛，又深深点头两三次。对啊……史子并没有一丝疏漏！

那晚听到"永原翠"这个名字后，他让史子"说说你自己"。

"我叫……鲛岛史子。"

她如此回答，拉过大湖的左手，在他掌心描出"史子"二字，又补充道：

"我一个人住在东京。平时在家做些翻译的工作，星期二和星期五下午外出坐班，六点下班回家。"

星期二和星期五的晚六点前，史子有充分的不在场证明！

2

只是先打一个电话而已，不需要多戒备。

大湖甚至觉得，这通电话是恰到好处的热身，算是着手实施计划的第一步。和从汽车餐馆打电话给成濑文子时相比，此刻的他要沉着镇定得多。

永原家在翠景酒店以北约两公里的斜坡上。大湖早已查明并记下了她家的电话号码。

那天晚餐后，他看准妻女在客厅专心看电视的机会，用转到卧室的电话拨通箱根湖尻的号码。

回铃音响了四下半，一个年轻女人接了电话。

"请问是永原家吗？"

"是的。"低沉而漫不经心的声音回答道。是她本人？

"请问永原翠老师在家吗？"

"在的……您是哪位？"

"敝姓冈田，家住箱根。我是第一次联系永原老师……"

万幸的是，大湖能从福冈直拨箱根，通话全无距离感。

"想请她一对一教课……"

"哦，请稍等。"对方随口回答道，放下听筒。看来接电话的并不是翠本人。大湖本以为自己镇定得很，却发现后背早已渗出汗来。

"喂，我是永原翠。"

略带金属质感的犀利嗓音骤然在耳边响起。前些天去箱根时，大湖没机会近距离听她说话，但他觉得这就是符合自己想象的嗓音。

"啊，请恕我贸然来电……是这样的，小女上五年级了，我想为她请位钢琴老师。有人给我推荐了您，我就想问问您愿不愿意一对一带她。"

翠沉默片刻后问道：

"是零基础吗？"

"有一点基础，跟我们家附近的老师学完了拜厄的下册，但那位老师突然搬去了东京。"

"哦……想安排在星期几呢？"

"都可以的，看您哪天方便。容我多嘴问一句，您现在有几个学生呀？"

"两个。"

"那是学生去您家，还是您上门……？"

"一般都是让学生来我这儿。一个每星期三来，另一个最近刚巧摔断了腿，打着石膏，于是我就改成每星期五下午去她家上课了。"

星期五下午……一股悸动掠过大湖的胸口。

"实不相瞒，小女升上五年级以后，每天放学都很晚……星期六又安排了别的兴趣班……也就星期五回来得早一些，所以我本想把钢琴课尽量放在星期五的……请问您星期五下午在哪里上课呀？"

"哦，那个学生住得很近，我家后山再上去一点就是了。上课时间是四点到五点左右，只要避开那个时间段，星期五倒也是可以的……但我想先跟小朋友见一面再正式答复。"

"好的，我跟孩子商量一下再给您回电话。除了星期五，您平时都在家吗？"

"嗯……我有每星期二去室内高尔夫球场的习惯，所以那天基本是不在家的。"

"星期二打高尔夫？……那挺好的，我偶尔也会打打。话说您平时都去哪座球场呀？"

"我还没到能下场的水平，不过是去丽丽希尔乡村俱乐部附属的练习场上上课。"

她虽然回答了大湖，但说着说着，语气中便透出了对隐私被侵犯的不悦。

大湖匆忙挂断。

他一边用手帕擦拭额上的汗水，一边取出橱柜里的白兰地，给自己倒了一杯。他多么想换掉被冷汗浸透的内衣，但还是先抿了一口白兰地。办成一桩大事的解脱和满足，仿佛随着胃里的暖意传遍全身。

星期二打室内高尔夫，星期五傍晚上门教课……太走运了！兴奋涌上心头。没想到翠每星期外出的两天，恰好是史子"坐班"的日子！

又喝下一口白兰地后，他来到卧室旁边的书房，拿出一张箱根地图。

寻找"丽丽希尔乡村俱乐部"。

他在芦之湖的正北边找到了"白百合台"这个地名。那地方比桃源台更靠外，边上就是"丽丽希尔乡村俱乐部"的标识。

离得这么远，翠不可能从家里走过去，肯定得开车。

星期五也许是更合适的机会？

他垂眼看着地图，在脑海中勾勒出永原家的模样。去箱根时，他已经去实地看过了。

翠景酒店建在湖边。沿酒店上方的公路往桃源台方向走两公里左右，便能看到东侧斜坡上的永原家。再往前走一段，就是湖尻的观光船码头和桃源台的索道站与露营地。退回箱根方向，则散布着大型酒店和旅馆。翠景酒店和永原家之间的区域却好似真空地带，保留着传统别墅区的宁静韵味。

翠在电话里说，"那个学生住得很近，我家后山再上去一点就是了"。她每星期五下午四点到五点都会去那户人家上钢琴课。

她肯定是走着去的。大湖足以根据那一带的地形和翠的口气推测出这一点。

四周安静而冷清，唯一要担心的就是目击者。只需提防下方车道上的目击者……选一个像上次那样寒冷的阴雨天，情势就对他相当有利了。遥想一个月前——一月十一日上午，大湖去永原家踩点的时候，那周围连条流浪狗都见不着……

他一口饮尽剩下的白兰地，仰面倒在床上。闭上双眼，只觉得脑海中架着沙漏，沙子不断下落。今天是二月十一日，星期五。距离箱根在春游季重归喧闹，最多就只有五个星期五了……

此刻的大湖陶然预感，自己定会在沙子落尽之前痛下决断。

第三个女人　——————————　だいさんのおんな

倩影

他必须忍受滔天的孤独,直到有朝一日将其握于掌中。

1

千载难逢的良机从天而降。

三月四日,星期五。倒春寒自两天前席卷全国。大湖在三日夜里拨打了加箱根区号的一七七天气预报电话,得知四日当地天气是"多云,局部时有小雪"。

而且三月三日到五日恰好是J大的入学考试时间。大湖不用上课,助教们也要去考场打杂,所以系里直接放了假。

大湖提前一天订好机票,于四日暗中前往东京。他告诉妻子,自己一直在做河流污染物的比较研究,这次要去筑后川流域考察。

抵达东京后,乘坐新干线来到小田原,然后和上次一样,换最不惹眼的公交车前往湖尻。

到达永原家附近时，已是下午三点多了。从福冈出发，再快马加鞭也要五个小时左右。但一想到这个距离能保障自己和史子的安全，便又觉得这反而是个有利条件。

今晚他不打算住箱根，所以也无须担心酒店的问题。尽可能缩短在现场逗留的时间，行凶后立刻折回东京混入人群，才是上佳之策。

坐落于宽阔山坡的别墅区笼罩在远超大湖想象的阴沉寂静之中。厚重的乌云遮天蔽日，不时有大片的雪花缓缓飘落。近乎日暮时分的昏暗早早降临。四下几乎无风，山里的空气冰寒刺骨。

核实过永原家的位置之后，大湖又从枸橘树篱外侧绕去"后山"踩点。

房子后面确实有个杂树稀疏的小山头。而永原家后门边上，有一条沿坡而上的阶梯步道。

步道缓缓弯向山顶。再往下走一点，便是两三栋雅致的宅邸。

无论翠去哪家上课，都必然会经过屋后的这条步道。

覆盖山坡的杂树林有杉树、柏树、樱花树、白桦树……常绿树和落叶树混生。本也不算茂密，但好歹能发挥一定的遮挡作用。特别是在这样一个雪云当空的下午，仿佛有凝重液体般的阴影在树木之间流动。

能从下方的车道看到这边的情况吗？

大湖爬到半山腰，仔细察看。

山脚到半山腰似乎恰好处于湖畔高速公路的盲区，但他注意到近处还有一条稍窄的车道自永原家下方不远处穿过，然后汇入较宽的高速公路。

从那条车道看过来,大湖此刻所在的步道便是一清二楚。

不过,恰好有行人或车辆经过应该是小概率事件。今天连湖边的高速公路都冷清得出奇。

大湖观察了十多分钟,只看到了一辆挂着神奈川牌照的车开过,行人则是一个都没有,心里顿时就有了底。车里的人应该很难注意到半山腰上的动静。再者,他也不会在这条步道上动手。

抬手看表。指针已走到了三点四十分。

他伫立于永原家树篱的阴暗处,即远离大路的一侧。

他能从那里看到刚才走过的平缓台阶步道,还有山脊线和远处冰寒发白的湖面。桃源台索道终点站大楼也露了个角。只见一部小缆车正缓缓爬升。

寒气自脚下渗了上来。鞋中的趾尖失去了知觉。连心都冻住了大半,如坠真空。一切都那么不真实,仿佛精神飘出了肉身,浮游于半空。比起行动之前的紧张和恐惧,更多的是灵魂被逐渐吸走一般的孤独。

恰在此时,巴比松暗夜中的触感鲜活地再现于他的肌肤。"什么都别说了。即便你什么都不提,我也是天底下**最理解你的人**……"耳边响起史子的低语,仿佛是在教导幼子。

唉,真想再见她一面……

人世间还有什么比与她重逢更有价值……?

他还是非动手不可。除此之外,没有第二条通往她的路。史子以惊人的胆识和勇气,履行了对大湖的无言承诺。

吉见教授的凸眼厚唇浮现于眼前。对权力和金钱的贪得无厌。为此践踏弱者的生命和生活,视其如蝼蚁的刻薄心性。不让大湖再分析波比可时的装傻充愣。劝他调往阿拉斯加时的冷笑。还有患儿无休止的呻吟，患儿母亲握住他的手腕质问真相时的眼神……一幕幕光景摇曳于眼前。

世上确实有绝对不可饶恕之人。

对史子而言，不可饶恕之人定是永原翠。也许在杀害吉见的那一刻，投映在史子心中的就是翠的身影。

他也想着吉见就是了。

但他之所以要对翠痛下杀手，并不是因为担心自己不动手就会被史子告发。他拼命自我暗示，自己的行为并非出于卑鄙无耻的自保。

可也不完全是"为造福社会不惜和吉见同归于尽"这般英雄主义式的正义感使然。

也许是另一个他——是藏在心底最深处的真正的他，是超越了一切世俗和日常、寻求真正的纯粹与永恒的诗人般的灵魂主宰了他，促使他采取行动。

人生在世，接触到璀璨永恒的机会不过寥寥数次。若不在机会降临时果敢决断，就不得不在贫瘠灰暗的日常尘埃中埋没至死，一辈子都成不了天选之子。

而史子正是大湖的"永恒"。

他必须忍受滔天的孤独，直到有朝一日将其握于掌中。

当史子的倩影，准确地说，是大湖的知觉孕育的虚像裹住他的胸膛时，孤独感化作可歌可泣的寂寥。

就在这时，他全身重归紧张。

因为树篱外的白色铁栅栏开了门，走出一个身着黑色连帽大衣的女人。

身材很是修长。大衣下穿着玫瑰色的喇叭裤和黑色长靴。手上戴着与喇叭裤同色的毛线手套，将乐谱直接捧在胸前。

当她关上后门时，兜帽深处那颧骨略凸、眼窝深陷的侧脸一闪而过。正是永原翠。

翠抬头望天。她似是怕寒气钻进衣服，用乐谱按住衣领，迈步前行。

大湖下意识瞄向手表，四点零二分。

愈发昏暗的夕暮开始笼罩四周。雪花忽然落上她的黑色兜帽与后背。

大湖蹑手蹑脚走了三四步，窥探下方的车道。唯有清冷的柏油路面映入眼帘，仿佛一整天都不会再有汽车和行人经过。

翠踩着长靴，大跨步走上粗糙的台阶步道。要不了多久，她便会走到山坡的三分之一处。必须赶在她走过半山腰前上去搭话。再上去一点，就是湖边的高速公路也能看到的位置。他要在条件尽可能安全的情况下接近她，把她引去永原家后面的灌木丛。

"不好意思……我刚看见那里有很多乱丢的邮件，里头说不定有你们家的。最近老有人搞这种恶作剧，乱翻别人家的邮箱。"

今天坐新干线时，他在报上看到了类似的事件，便想出了这么个借口。等翠下意识看向灌木丛时，他再迅速走向深处，向她招手。她十有八九会跟来。他今天穿了一件清爽的深蓝色大衣，没戴太阳镜，而是选了一副把人衬得分外老实的玳瑁框平光眼镜。

等她下到下方的车道看不到的洼地，大湖再神不知鬼不觉地绕到她身后。"哎哟，那儿也有！""啊？"趁她略略弯腰时，他自后方将尼龙丝袜套上她的脖子，一鼓作气勒紧。她怕是连喊都来不及喊……

现实中的大湖将鞋尖搁在她身后的第一级台阶上。她还无知无觉。他要冲上去，追上她。

一……二……正要数到"三"时，下方的车道突然响起轻快的喇叭声。

翠停下脚步，转身看去。

只见车道中间停着一辆黄色的小型跑车，一名年轻女子把头和胳膊探出驾驶座。

大湖倒吸一口凉气。本想躲起来，可惜为时已晚。驾驶座上的女子肯定已经同时看到了翠与大湖。顺势立定，反而不会太惹眼。

"姐姐——"车上的女子透过昏暗的树丛喊道，嗓音略显低哑。

"嗯？"翠应道。

"刚才惠子的妈妈打来电话，说孩子感冒发烧了，今天想请个假。她还跟你道歉来着，说是刚量出来的，所以没能提前联系你……"

女子语速偏快，语气爽快。前些天大湖从福冈打电话去永原家的时候，似乎就是她接的电话。下方的车道还比较亮，大湖有些远视，能相当清楚地看到那张比翠骨架更大，棱角也更分明的小麦色西式面孔。直觉告诉他，那定是梅崎提起过的永原茜，也就是翠的妹妹。

"哎哟，是嘛。"翠略略耸肩。看来比起学生请假，她更不爽家长通知得太晚。

但车上的人不可能听得到她的嘀咕。茜仍把胳膊搁在窗框上，看着这边。翠朝她轻轻挥手，示意"知道了"，随即转过身来，与大湖面对面。

在那一刻，她的眼神有何反应？有没有疑心自己？……大湖一无所知。因为在目光相撞之前，他便在本能的驱使下扭过头去，垂眸看向自己的脚边，假装路人迈开步子。

片刻后，他听到与自己擦身而过的翠打开了铁栅栏的门，而茜的车也在同一时间关闭车窗，再次点火。

他呆立于山坡步道中间，顿感头晕目眩，浑身无力。

唯有翠身上那股疑似栀子花的香水味，残留在夕暮的空气深处。

2

晚上七点多，大湖回到东京，入住了新桥的一家商务酒店。那是他以前出差参加学术会议时住过的地方。

东京也没躲过倒春寒。下午似是下过几阵雪，扫成堆的雪积在路边，已然冻硬。

透过客房的窗户，能看到隔壁大楼后侧的灰暗墙壁和一小块没有星星的夜空。在某处闪烁的霓虹灯，有规律地为天空染上一股股浅红。

大湖眺望着恰似阴郁画作的窗外风景，仍有些头重脚轻之感。

他正要接近翠的时候，茜开着车突然现身，多么无可奈何的不幸巧合。不难想象,茜原本就打算开车出门,但临走时接到了学生家长打来的电话,便急忙追出来通知姐姐。所以从严格意义上讲,也并非每个环节都是巧合。无论从哪个角度看,中止计划都是迫不得已。

而且在翠走进后门之前,茜一直把车停在路上,看着大湖这边。许是直觉让她对大湖的存在生出了怀疑。因此,打消上前搭话的念头似乎也是一个合理的决定。

大湖本以为他今天占尽了天时地利……可惜事已至此,只能等下一次机会了。

他在下山的包车和电车上反复回想推敲,接受了这个结果。除了接受,他也别无选择。

但不知为何,他一直惦记着本该成为凶杀现场的山坡,思绪摇摆不定,久久难以抽离。为什么……不,他已逐渐认识到了原因。是不是因为,在他追上翠开展行动之前,在独自身处枸橘树篱的暗处时笼罩他、包裹他的孤独、寂寥与史子的情影还如文字一般牢牢印刻在他的心底,挥之不去?

好想再见她一面。

对他而言,人世间还有比这更有价值的事物吗?

危险的诱惑死灰复燃。那已不仅仅是诱惑,甚至化成了痛切的愿望与灼热的情念。多么讽刺啊。要知道他至今仍未履行对史子的"承诺"。

只有等一切尘埃落定,再冷却足够的时间,否则就算能与她重逢……

他的理智与先前一样,努力压制诱惑。情念却想推着他走,强度更甚从前。正是这份纠结,令他陷入了失去平衡一般的心理状态。

也不知在单调乏味的单人间床上坐了多久,大湖终于意识到自己饥肠辘辘。在去程的新干线上用过简单的午餐后,他便只在回程的小田原站台上站着喝了一杯咖啡。

他在盥洗室漱了漱口,前往七楼的餐厅。

对一家注重功能的商务酒店而言,餐厅的姜味牛排美味得出乎意料。喝下半瓶德国红酒后,他才缓过劲来。

他仿佛缓缓充上了电,感到行动的勇气自内心深处涌起,渐渐积蓄起来。

据说这波寒潮的规模非常大,而且后劲十足,入春时间也会因此晚于往年。像今天这样的天气还有的是。除了星期五,还要考虑一下翠会往返室内球场的星期二。或者他可以想个办法,借故引她出来——?

虽然没能立刻想出妙计,但回想起荒凉的永原家周边和空荡荡的湖边公路,他便觉得不愁没机会下手。定能安全、切实地实施计划的预感,让他的心头轻松了几分。

一放松,仿佛就可以毫无顾忌地惦念史子了。思绪自然而然地飘向了她。

大湖从口袋里掏出装有驾照和记事本的小夹子,抽出塞在深处的一小张报纸复印件,轻轻置于掌心。他前些天去了新宿的区立图书馆,复印了报纸缩印本。

事情发生在两年零四个月前。报道称,法国文学翻译家、话剧导演久米伦也于十月底在自家书房因煤气中毒去世。文中提到了妻子的名字"悠子"和夫妻居住的公寓地址。看到缩印本中的报道之后,大湖立刻打电话去"四谷一丁目"的私营公寓打听。然而,正如他所担心的那样,平时帮房客接电话的房东太太称久米悠子已在事发一个月后搬走,并冷冷地回答大湖,她也不知道悠子搬去了哪里。发生在自家公寓的致命事故,对她而言也不过是一段晦气的记忆。

但通过电话得知悠子已经搬走之后,大湖反而毫不犹豫地照着地址找了过去。那是一栋两层高的混凝土小楼,建在市中心的小寺庙和崭新的高层公寓之间,很不起眼。

大湖在寺庙后院驻足片刻,打量发黑的外墙和楼梯,随即转身离去。他仿佛能想象出久米夫妇的朴素日常,想象出两人知性而克制的爱情凝成的生活……

他用略显急躁的动作将复印件塞回原处,取下餐巾,站起身来。这一回,他没能抑制住突然喷发的冲动。

餐厅斜对面有一排玻璃墙围起的电话亭。

他走进其中一间,在黄页中查找"Jardin 剧团"的号码。久米伦也生前是剧团导演部的成员。

好不容易才在同名的酒吧和咖啡馆中找到剧团办公室的号码。

电话刚拨通,便有个年轻的男声响起。明明已近晚上九点,却能感受到对方背后热火朝天。

大湖问他知不知道久米伦也遗孀的住址。

"呃……"许是问题来得太突然,对方有些不知所措,语塞片刻后才回答道,"听说她从四谷的公寓搬去了娘家附近,但也没联系我们……请稍等。"

对方似乎在跟身边的人打听。过了一会儿,他说道:

"服装部好像有个姑娘跟久米夫人挺熟的,我这就叫她过来。"

又等了一会儿,一个说话跟唱歌似的女人接起电话。

"——悠子搬去北镰仓了,因为她娘家就在那儿。不过她没跟父母住一起,在外头租了个别院自己住。呃……地址是……"

对方滔滔不绝地报出了地址和电话号码。大湖一问该怎么从横须贺线的车站过去,她便仔细讲解了一番。他本想再打探一下"久米悠子"的情况,谁知对方接着说道:

"不好意思,请问您是久米老师的朋友,还是……"

"是的,但我常年旅居国外,不知道他出了事……所以想拜访一下久米夫人……"

大湖有些语无伦次,匆匆道谢收线。

坐回餐桌后,他将字迹潦草的北镰仓地址抄到记事本上,然后撕下那一页,和报纸复印件一起塞在夹子深处,收进西装的口袋,用手掌捂了一会儿。仿佛能隔着衣料,感觉到加速的心跳。

3

次日的东京仍旧寒冷,但偶有炫目得惊人的阳光溢出阴云的缝隙。一出太阳,便有三月的春意扑面而来。

大湖在上午十点退房,在新桥上了横须贺线。

本就是星期六,再加上他是往城外走,所以一等座也很空。他看着在窗外流动的京滨工厂区,心境出奇地轻松。

十一点半抵达北镰仓站。

车站以木栅栏草草围着,朴素得好似乡村小镇。矗立在两侧的都是绿植茂密的纯日式民宅,一派宁静祥和的景象。

铁轨斜前方是圆觉寺参道的高大杉树,树林一路通往后方的山脚下。

大湖混入稀疏的人群,通过检票口,按昨晚打听到的路线走去。这里的空气比东京清新许多,寒意也更分明。新桥周边的雪早已融化,这边的屋檐下却仍有浅黑色的积雪。

沿车水马龙的镰仓街道往东走了一段,照剧团姑娘说的拐进木材店所在的街角,便是一片安静的住宅区。

大湖迈着有规律的步子,走过长满青苔的石墙和古旧的瓦顶泥墙之间的石子路。四周当然也有现代风格的住宅,但神似武家大宅的威严宅邸和勾起乡愁的土气日式民宅接连映入眼帘。远方的群山披着白雪,更显幽静。

大湖努力维持着坐车时的平静心境。

他昨晚动过直接打电话给久米悠子的心思,但在深思熟虑后作罢了。因为史子没对他透露真名和地址,断然不会轻易对他的问题给出肯定的回答。而且计划仍在进行中。他又无法光凭声音判断出史子和久米悠子是不是同一个人。那晚的史子说她"感冒了,喉咙疼得要命",嗓音也确实有些嘶哑……

史子和悠子是不是同一个人……切不可急于一时,贸然行事。

他苦涩地回忆起在成濑文子那儿栽的跟头。

但暗中侦察得来的种种线索都显示,在翠的社交圈里,唯有悠子与史子有所重叠。

如果悠子就是史子，他定能一眼认出来。对文子犹疑不定，正是因为她不是史子。

在风暴平息后的巴比松村道漫步寻觅史子的身影时，他便生出了这种发自本能的自信，心底也从未有分毫的动摇。

远远看一眼就行。

不求接触。

如果今天实在没有机会一窥她的身姿，就用"确定了久米悠子的住处"自我安慰吧。

待到一切尘埃落定，待到他们能再次相逢——接触文子的经验，让他变得愈发慎重。

但史子告诉过他，她平时基本都在家从事翻译工作，只有星期二和星期五下午出门坐班。这让他燃起了希望。

剧团的姑娘描述得非常详细。虽然路上鲜有行人，道路又错综复杂，他却一次都没有迷路，顺利找到了疑似悠子住处的房子。

据说久米悠子租下了"板谷"家的别院，独自居住。

经过一排断断续续的竹篱笆后，大湖在颇有年代感的冠木门[1]柱上找到了"板谷"字样的名牌。

门扉紧闭，院里悄然无声。房子看起来相当老旧，但面积似乎很大。

大湖走过那扇院门，沿竹篱笆走了一会儿。篱笆很快就到了头，视野中出现了一扇低矮的栅栏门。

---

[1] 两根木柱上搭一根横木。

确定四下无人后，他推门入内。

门后必然是这户人家的院子，但乍一看更像是原封未动的空地。

空地一角静静矗立着一座日式别院，貌似有两三个房间。

别院对面的树丛后露出一截灰色瓦片屋顶，许是主屋。

明明有微弱的阳光洒向大地，视野起初却有些模糊。因为别院和主屋之间烧着火，升起袅袅白烟。

大湖顿时紧张起来，缓缓走向别院。这么做显然有被家里人撞见的风险，但这里是宅院的北角，正对着建筑物的后侧，而且竹篱笆尽头的栅栏门边没有隔栏，只种了一些杂乱无章的低矮树木，"因迷路碰巧闯入"之类的借口也不至于太牵强。

突然，大湖停下脚步。全身僵硬得仿佛被电到一般。只见一个身着清爽柿色和服的娇小女子自篝火处现身，在大湖眼前走进别院的玄关。

对方似乎没有注意到他。

就在他听着自己的心跳呆若木鸡时，她又走了出来，双手分别提着大号废纸篓和纸袋，垂眼看着脚边，从他跟前走过。低垂的白皙面庞。鼻梁高挺，好似御所人偶[1]的文雅面容，瞬间定格在他的视网膜上。

只见她把手里的东西放入火中，然后一动不动地站着，仿佛看出了神。她个子不高，但身材匀称，和服包裹住的腰部柔软丰

---

[1] 起源于江户时代的幼童人偶，头大身圆，皮肤洁白光亮，可以更换衣服，因皇室公卿将其用作给大名的回礼而得名。

盈。背脊挺直，轮廓流畅，足以体现出她内心的坚韧。

大湖动弹不得，被她的站姿迷住了。她的模样并没有完美契合他想象中的史子。他本以为史子会更洋气一些。但此时此刻站在淡淡烟雾中的久米悠子散发着与他心中的史子相匹配的恬静气质，洋溢着真正与史子相称的美。

史子也可能是那样的女子。他的本能开始接受，理性也逐渐认识到了这一点。也许……她就是……？

（史子……）

在心中呼唤这个名字时，不可思议的感动浪潮弥漫全身。

但他必须克制自己，在计划顺利完成之前，不能真的喊出声来。眼下悠子定不会回应他的问题。而且以这种毫无准备的形式重逢，兴许有损那晚史子提及的，不可替代的"纯粹和勇气"……

更现实的问题是，大湖已经启动了犯罪计划。万一两人的接触被人撞见，他们都将万劫不复。

尽管如此，他还是忍不住想给史子发送某种音信。

他把手伸进大衣口袋，下意识掏出一本杂志。那是名为《食品学会》的专业刊物，本月的特辑围绕儿童食品公害问题展开。他把旅行袋和其他物品寄存在车站的投币柜里，唯独带上了这本杂志。

大湖猛然凑近别院的玄关。格子门仍然开着。他把杂志面朝上放在门框上。如果悠子就是史子，她定能在发现杂志时准确理解大湖的暗访与深埋于心的决意。如果她不是史子，也只会当那是莫名其妙混进来的杂志，随便处理掉。因为她好像正在整理文件资料。他认为杂志上没有自己的名字，风险微乎其微。

临走时,他再度回头。

她仍站在原处,浅浅的春日阳光落在后颈。

第三个女人 ——————————— だいさんのおんな

蓝宝石水貂

人与人之间,还有比这更可悲的关系吗……

1

　　肩膀和臀部紧贴着冰冷的混凝土墙,只觉得寒气渗入骨髓。大湖已在这狭小的空间内蹲了许久,膝盖和脚趾不自然地紧绷起来,两条腿好像都变得麻木了。说不定寒冷也是一方面的原因。

　　双腿完全麻木定会有碍行动,因此大湖试着稍稍抬起膝盖,上下活动。可他只要稍微伸展下半身,大腿就会立刻卡进横在眼前的这辆保时捷914的轮拱。

　　他叹了口气。白烟升腾。

　　车库斜上方的外灯将苍白的灯光投向车库的混凝土墙和车侧面之间的狭长空间。昏暗的灯光,映照出散落着小石子的路面和自坡底下方伸出枝丫的黑暗树影。他凝视着视野里仅有的景物,在车库的角落里蹲了近二十分钟……

大湖用勉强的姿势把戴着手表的手腕举到眼前，借着外面的光亮看了看。好不容易才根据表盘的反光辨认出指针的位置。再过五分钟，便是六点二十分。

包括上下车的时间，去翠景酒店大约要五分钟。而翠将于六点半在餐厅登台演奏。照理说，她会在十分钟内下到这间车库……

万一她从外面直接去酒店，不开停在他眼前的黄色保时捷，表演完了也定会回到家中。那时也有动手的机会。

问题是，他不知道翠会在什么时候回来，而且可能有人送她。而鲛岛史子是每星期二、星期五的晚六点前在办公室上班。假设她上班的地方在东京都内，那么从东京到箱根湖尻所需的时间也会被算在她的不在场证明之内。可要是拖得太晚，超出了这个范围，史子就可能失去不在场证明，选星期二或星期五作案的苦心就打了水漂。不，若无法保证史子有不在场证明，包括吉见案在内的整个犯罪计划都将失去意义。

所以他要尽可能抓住翠前往翠景酒店之前的机会。

若再次错失今晚的机会，将计划贯彻到底的信心……便会大受动摇。

今天是三月八日，星期二。离箱根迎来春假旺季还有约莫三个星期二和星期五，但大湖若是频繁外宿，妻子和系里的同事兴许会起疑心。

话说上一次，三月四日星期五的下午，他本想在永原家后山的步道上接近翠。谁知她的妹妹永原茜竟在关键时刻现身于下方的车道，害他只得作罢。

第二天，他暗访了久米悠子在北镰仓的住处，看到了身着和服的她那动人高雅的身姿。事后，他费了九牛二虎之力才抑制住自己的兴奋。欲望排山倒海而来。他要早日履行"承诺"，待到两起案件的风头过去，便与她重聚。

不知不觉中，杀害吉见昭臣与永原翠的计划已在他心中化作巴比松之夜的承诺——从未说出口过，却千真万确的承诺。

从北镰仓回到东京后，大湖又在登上回福冈的飞机之前打电话去翠景酒店。

目的是询问永原翠近期会不会在酒店演奏。他补充道，自己住店时碰巧听到了她的演奏，很是难忘，近期恰好有机会再访箱根，所以想找个能听她演奏的日子入住。

"您可能不太清楚，其实翠小姐是我们社长的女儿，并非酒店的签约钢琴家，所以什么时候来全在她一念之间，我们也不清楚她的日程安排……"

到底是疗养胜地的老酒店，接电话的前台老经理先来了一段悠长的铺垫，然后才回答道：

"不过下星期二晚上她肯定会来，因为那晚有一场寿宴。您要听演奏的话，倒也不成问题……"

三月八日（星期二）下午五点，某本地政客将在翠景酒店的主餐厅设宴庆祝七七大寿。政客与酒店老板私交甚笃，翠也会在六点半登台演奏。经理还贴心地表示，届时寿宴宾客应该也在随意欢谈，他可以提前跟工作人员打声招呼，放大湖入场。

大湖装出思忖片刻的样子，然后问道：

"那她是五点就到餐厅了吗？"

"不，她应该会卡着演奏时间来酒店的。"

翠也确实不像愿意陪老人应酬的人。

大湖本想再打听打听她是不是从家里开车去酒店，但又怕对方起疑，便没有再问，说改天再预订客房，就这么挂了电话。

但翠直接从家里开自己的车去酒店的可能性很高，倒也不用特意问。前些天在餐厅演奏时，她穿了一件绿色的晚礼服。那种裙子不适合在别的场合穿。而且在寒冷的傍晚穿着晚礼服从家里走去酒店未免也太远了。她每个星期都去打室内高尔夫，想必是会自己开车的。

综合上述条件，大湖想象出了翠在三月八日晚六点多独自离家的画面，下定决心。

他有种预感，这回定能得手。

今天上午，他坐飞机离开福冈。给妻子和系里同事的借口是，独自住在大阪的舅母年迈体弱，他要去探望一下，如有必要，还要送她入院治疗。

上次去箱根时恰逢 J 大入学考试，学校放假，所以他只需告诉妻子"我要去筑后川流域调查水质"即可。但给助教等同事的借口最好避开与工作直接相关的事项，这样更保险一些，不然天知道哪里会出纰漏。毕竟吉见教授格外关照的山田助教似乎仍对大湖怀有戒心。

大湖确实有位舅母住在大阪，是他母亲的弟媳。舅母也确实是"独居"，因为丈夫先走一步，膝下也无儿无女。但她的年纪才六十出头，算不上"年迈"。母亲和舅舅去世后，大湖与她已经有近十年没见过面了，也就过年的时候会互寄贺年卡而已。

不过，搬出这位舅母应付妻子倒是合适得很。志保子总觉得他们应该向舅母伸出援手，心中很是愧疚。听说丈夫要独自去大阪照顾舅母，她便放下了心头的大石。送大湖出门时，她的眼神里甚至带了几分歉意。

到达东京后，大湖在机场给舅母打了一通电话。

两人已有数年没通过电话了，所以舅母似乎吃惊不小，但声音听着很是精神。舅舅生前任职于钢铁公司，给她留下了一笔遗产。照理说，她应该过着衣食无忧的日子。

大湖说自己是来大阪出差的，想顺道问候一声，还诚惶诚恐地道了歉，说自己实在没时间上门拜访了。

舅母年轻时性情有些古怪，但如今也许是年纪大了，人也不那么强势了。电话那头的她险些喜极而泣。

大湖觉得，万一警方查到他头上，这通电话也能为自己争取到半个不在场证明。

下午四点多的时候，他偷偷来到永原家附近。

四周已逐渐披上了淡淡的早春暮色。被冬日枯树覆盖的远处山坡似乎多了一层依稀可辨的浅粉色薄膜，许是枝丫吐新的预兆。一到三月，白天就长了许多。所幸今天也有阵雨，天黑得比平时更早。

永原家的车库是在正门下方的土堤里挖出来的，以混凝土浇筑，停两辆车不成问题。看到车库里只有一辆车头朝外的黄色保时捷914时，他不禁长出一口气。那正是前些天茜开到下方车道上的车。那日离开箱根前，他去车库瞄过一眼，发现里面是空的。看来另一个车位应该是给父亲的座驾留的，而这辆保时捷很可能是姐妹二人共用的。

今晚，翠应该会开着它去翠景酒店。

大湖在能看到车库与永原家正门的路边站到了五点四十分左右。到底是传统别墅区，有的是可以藏身的暗处，天黑后就更不用说了。跟往常一样，路上几乎不见行人。永原家也无人进出。五点五十五分，他溜进昏暗的车库，蹲在保时捷车尾和墙角之间的缝隙……

这一蹲，就是整整二十五分钟。

户外已是夜色一片。

翠也该出门了。

她总不会从别处直接去酒店吧。

万一真是那样，就只能埋伏到她回来的时候了。

可要是有人送她回来呢？

而且一旦错过今晚……下星期他就更难离开福冈了。志保子再无忧无虑，也会对频频外宿的丈夫生出疑心。下星期二又有教授大会。吉见死后，都是大湖代为出席。条件似乎愈发不利了……

眼看着手表的指针一点点偏离六点二十分的位置，大湖的全身渗出冷汗，坐立不安的焦躁开始席卷全身。四周笼罩在寂静的夜色中。几乎是万籁俱寂，唯有路对面的树林中时不时传出风声。莫非一切都是徒劳的？莫非翠早已抵达酒店，正要走向钢琴……

然而，片刻后，脚步声传入耳中。有人踩着高跟鞋，走下了比大湖的头顶更靠近马路的石阶。

脚步声停顿片刻后，修长的女性剪影出现在车库墙壁和保时捷之间的空间尽头。在额头侧面分出头路的大波浪卷披散在肩头。颧骨略略凸出,下巴很尖的侧脸轮廓……毫无疑问,来人正是永原翠。今晚的她同样身着拖到脚尖的长裙,外面披着银灰色的皮草短大衣。两手捧着一沓形似乐谱的东西,外加赴宴用的小手袋。

翠侧身钻进窄缝,向大湖这边走来。她垂眼顾着衣服,收着下巴,所以全然没注意到大湖的存在。不,即便她看向这边,户外灯的微弱光亮也会被她自己的身体挡住大半,于是他的身影便会淹没在黑暗中,看不分明。他仍蜷缩在后备厢盖旁,用冻僵的手掌捂着嘴,大气不敢出一声。

翠插入钥匙,打开左侧驾驶座的门,然后把手中的乐谱等物品放在副驾驶座上。

大湖趁机站了起来,从口袋里掏出一双尼龙丝袜。腿果然麻了大半,站不太稳。真能下手吗?只有这条路可走了吗?——突然,排山倒海的恐惧攫住他的全身,令他呆若木鸡。血管在耳底阵阵搏动。

翠整了整大衣的前襟,正要钻进驾驶座。就在这时,她忽然有所察觉,回过头来,屏息观察。

要不了多久,她便会发现大湖,然后高声呼救。划破寂静的尖叫……他已无路可退!

大湖也侧过身子,向前走了两三步。翠下意识扭头要躲,他则双手握住尼龙袜套在了她的脖子上。腿险些不听使唤,但好歹从后方缠住了她的脖颈。他使出全力,交叉勒紧。

翠向后仰,双手伸向喉头,却没能够到逐渐陷入皮肉的丝袜。闪着珠光的指甲,抓住皮草大衣的领口。

大湖甚至不确定她有没有发出声响,耳中尽是自身血液倒流的轰鸣。忘我地勒了好一会儿,他才回过神来,发现翠已瘫倒在他脚边,而自己正用丝袜吊着她的头。

她几乎没怎么反抗……这是大湖的第一印象。

不,也许他只是太专注了,没感觉到。

翠双眸紧闭,面色惨白。户外灯的苍白亮光倾泻在她脸上。她已经没有了呼吸的迹象。冷漠和傲慢的影子已然淡去,死状竟显得平静而温柔。

空气中飘荡着一缕似栀子花的香水味。

他们到头来还是没有机会面对面交谈。他第一次对眼前的女人生出了怜悯。

在翠景酒店的走廊里第一次见到她时产生的神秘恐惧与宿命感再次浮现于大湖的意识之中。

我和她之间,究竟有着怎样的缘分?

我们怎会在对彼此全无了解的情况下,变成了行凶者与被害者……

人与人之间,还有比这更可悲的关系吗……

大湖突然有种呜咽即将发作的预感,连忙咬住嘴唇。

又过了好一阵子,他才意识到自己已大汗淋漓,四肢不住发颤,仿佛在抽筋一般。

2

黄色保时捷被撂在枯黄芒草与结缕草覆盖的原野深处,车头扎进了一片杉树林。

自永原家沿坡来到下方的车道,便能看到山边的这片原野。其背后是箱根特有的苍郁杉林。

保时捷仿佛被藏在树丛中一般。若是白天,略带嫩草色的亮黄色车身定会是阴沉冬景中分外鲜亮的色斑,远远望去都很惹眼。奈何夜晚的原野被厚重的黑暗笼罩,过路车辆的灯光也无法触及那个位置。

这就是保时捷迟迟没被发现的原因所在。

在深夜的风中,小田原警署刑事课股长乌田一生警部补注视着探照灯白光下的车身,如此回忆。双座保时捷914的驾驶座车门正敞开着,露出看起来很是舒适的棕色皮革座椅。那是一辆还很新的潇洒跑车,直接放进橱窗展示都不突兀,但采集指纹时在座椅和仪表板上留下的银粉,还是让人不由得想起片刻前靠在驾驶座上的年轻女子的惨状。

在小田原警署的刑事课与鉴证组接到箱根町派出所的联系赶赴现场之前,被勒死的永原翠一直保持着刚被发现时的状态。乌田等人在九点半抵达现场,刚刚完成初步的现场勘验,翠的遗体被暂时送往小田原警署。

"翠景酒店是七点十五分报的警?"

乌田问一旁的派出所巡查。对方比他年长,冻得蜷起了肩膀。

"嗯,差不多。翠景的老板是她爸,说今晚酒店在办寿宴,她本该在六点半登台助兴,却迟迟没有现身。打电话回家,家里人说她早就走了,她的车也不在车库里。本以为她是去哪儿溜达了,可左等右等都不见人。问了两三处她可能去的地方,人家都说没来过,酒店生怕她是半路出了事故,这才报了警……"

于是派出所的两名巡查赶往酒店,发动服务生四处搜寻,但没有发现事故的迹象,人们一度担心她是不是被绑架了。直到八点半左右,警方用探照灯仔细搜索,才发现保时捷被遗弃在山脚下,停在远离车道的地方。

上了年纪的巡查讲得很是粗略,许是不满意署里紧急派遣的前线指挥官不是署长,亦非刑事课长,而是三十多岁、气场颓废的股长乌田。奈何署长偏偏在这个节骨眼上因痛风住院了,刑事课长下午去县警本部出差了,明天上午才会和本部的特搜组一起回来。不管旁人乐不乐意,领导初步调查工作的任务都落在了乌田头上。

"发现保时捷时,翠坐在驾驶座上,被人从斜后方用尼龙丝袜勒死了。车上还插着钥匙,但发动机熄了火……"

乌田自言自语似的回顾了一下案情,随即又回头看向那名巡查。

"她是什么时候出的门?"

"据她妹妹说,大约是六点二十分或二十五分……"

"哦。"

乌田回想起,刚才在现场检查尸体的老资格鉴证组长说,翠的死亡时间不可能迟于今晚七点。也就是说,凶手是在翠从自己家去酒店的路上上了她的车,然后让她把车停在了这片原野的角落,突然行凶?

如果真是这样,有条件行凶的人就非常有限了。走访周边、寻找目击者的工作怕是要等明天早上县警本部派来的帮手到了才能开展，但这毕竟是个封闭的小社区。要不了多久，被害者的人际关系便会浮出水面。

乌田对形势略感乐观。他将双手插进风衣的口袋，下巴埋入围巾，回到了自己的车里。

已是晚上十一点多了。

鉴证专员仍在仔细搜寻保时捷周围的脚印和遗留物品。乌田却离开现场，前往永原家。年轻的井草刑警负责开车。

面朝永原家的车库，只见左手边停着一辆黑色欧宝，貌似是户主的车。右边还有足以容纳一辆车的空间。换作平时，那应该就是停保时捷的位置。

乌田让井草把车停进空位。

客厅贴着古色古香的墙纸，暖气开得分外足。形似柴堆的煤气炉在壁炉中烧得通红。

然而，坐在客厅里的两个人——翠的父亲永原允和一名年轻女子脸色煞白，显得分外疲惫，连炉火都无法为其染上血色。后者貌似是翠的妹妹。两人都参与了搜寻，尤其是永原允，从发现保时捷和尸体，到乌田等警方人员赶到，他一直守在现场，看警方开始勘验后才回家。所以他跟乌田已经见过一面了。

永原请乌田和随行的井草坐在壁炉边，礼貌地打了一声招呼："有劳各位了。"此人六十岁上下，一头浓密的银发，颇有英国绅士的风范。

"不好意思，内人受了刺激，正在楼上请家庭医生照看，无法接待二位。"他如此解释道。哪怕是在这种时候，他的语气依然和蔼，许是酒店从业者的习性使然。

接下来，他介绍了那名身穿橙色毛衣和西装裤的高挑女孩，说她是翠的妹妹永原茜。茜没有起身，轻轻点头致意。翠长得很洋气，五官轮廓分明，而茜在这方面更胜一筹，看着像比较活泼的类型。此刻的她眼圈发红，脸上全无生气，但那小麦色的肌肤平时定是焕发着青春的活力。

简单慰问后，乌田向永原询问了翠的基本情况。

"翠是去年十一月过的二十七岁生日。她上的是东京的音乐学院。从钢琴系毕业后，去欧洲进修了三年左右，又在赤坂的一家会员制俱乐部当了一段时间的琴师，过得无拘无束，二十五岁的时候才被我叫了回来。毕竟她也到了该认真考虑婚事的年纪……"

永原哽咽着回答了乌田的问题，声音断断续续。

"那是已经订婚了？"

"没有。介绍过几个，但她太任性了，非说还不想嫁人……"

"那她在谈恋爱吗？"

"呃，也没有……"

"普通的异性朋友呢？"

"可能有吧，但她也没给我介绍过……"

就在这时，门外的电话响了。片刻后，方才带乌田他们进客厅的中年保姆来通知永原，说酒店有事找他。

永原说了声"失陪一下"，离席去接电话。

电话在走廊里，听不清谈话的内容，但感觉要谈很久。

茜凝视着壁炉的火光。乌田将视线投向她的侧脸。

"令尊不清楚倒也正常，您身为妹妹，应该比他更了解翠小姐的社交圈吧？"

茜看向乌田。棕色的眼眸，透出坚实可靠的性格。

"她有没有男朋友或比较亲密的异性朋友呢？当然，我之所以如此关注这一点，是因为杀害令姐的凶手不太可能是流窜的强盗或色狼。现金、珠宝和貂皮大衣都没丢，也没有性侵的痕迹。而且只有认识她，并有机会上她车的人才能犯下那样的罪行。这就意味着我们需要彻底排查她的社交圈……"

乌田的语气变得愈发随意。倒也并非出于算计。哪怕面对上流阶级与社会地位很高的人，他也会自然而然地换上独具一格的随意口吻。调查对象与同事因此生出的排斥和蔑视，他早已习以为常。

然而，茜以阴沉却坦率的语气回答：

"是有那么几个。"

"有到'男朋友'这个程度的吗？"

"这……我也不清楚。"

"能提供一下那几个异性朋友的姓名吗？"

"我知道的也不全……"

茜在乌田的催促下报出几个名字。有职业高尔夫球手、画家和学生，家住箱根町与仙石原。

"她在东京也有朋友吧？"

"当然，但我不太清楚那边的事情。"

她第一次沉郁地皱起眉头，把手靠近壁炉。

"您不也在东京住过吗？"

"也就上学的时候，但我没跟她住一起。"

言及此处，长睫毛忽然扑闪几下。

"梅崎先生可能比我更了解姐姐在东京的社交圈。"

"……梅崎？"

"他是东京一家贸易公司的专务，好像是姐姐在赤坂的俱乐部弹琴时认识的，后来他也常来翠景，跟我们一家都有来往……不过我也不知道他跟姐姐有没有过深交。"

说着说着，茜的大眼睛泛起泪光，许是被翠已不在人世的现实刺痛了胸口。

"那您知道那位梅崎先生住在东京哪里吗？"

"知道，但他今晚应该就住在翠景。"

"什么？他来箱根了？"

"应该是的。姐姐好像提过，说他跟今晚的寿星有点关系，所以也被邀请了……"

乌田问出了"梅崎定男"这个名字和"OS商会专务"这一头衔，让井草记录下来。

永原打完电话回到客厅，保姆送来咖啡。乌田换了一个话题，问起了翠六点二十五分左右出门去酒店时的情况，但茜表示当时并无异常。

"家母今天本就有点感冒，一直在楼上休息。我一个人在起居室……"

永原家的保姆就住在附近，晚上六点下班，所以当时并不在家。眼下是因为家里出了事，才把人叫了过来。

"姐姐在自己的房间收拾好了东西，来起居室瞧了一眼就走了。我当时在看书，也没太注意……"

翠走出前门后不久,她好像隐约听到了下面的车库传来保时捷点火的声响,但不敢确定。

"最近翠小姐周围有没有出过什么乱子,或者有没有她跟人结了仇、被人盯上的迹象?"

永原表情苦恼,歪头沉思。

茜也思忖了片刻,然后回答道:

"应该是上星期五吧……那天姐姐带的学生临时请假,我就从下面的车道喊住了她。她走在后山的步道上,身后不远处站着个男人。当时我还觉得挺意外的……因为那条路平时几乎没人走的。"

"他长什么样?"

"离得太远,我也没看清楚,但好像戴着眼镜,衣着也很得体……"

仅凭这只言片语,警方无法确定此事与案件有无关联。

半夜一点左右,乌田和井草结束问话,告辞离去。今晚怕是问不出更多的线索了,而且家属们正是心痛疲惫的时候,需要休息。

明天去翠景会会梅崎定男吧……

乌田也顿感疲惫,走下永原家的石阶。屋子里太暖和了,箱根深夜的寒气仿佛立刻勒住了他的全身。

车还停在车库里。正要走向副驾驶座一侧的车门时,他突然停下脚步,垂眼望向脚边。安装在斜上方的户外灯发出苍白的亮光,微弱地照在警署的黑色皇冠前方。

只见副驾驶座车门的正下方落了一簇银灰色的毛发,足有十几根之多。捡起来一看，发现毛发手感松软，还泛着独特的优雅光泽。

"哎，这是水貂毛吗？"他将毛发递给正要坐进驾驶座的井草。

"嗯，挺像的……死者穿的皮草大衣也是这种毛，有人说那就是水貂做的。"

井草凑近看了看，用思忖的口吻回答道。

"哦……"

皇冠的副驾驶座，对应的是保时捷的驾驶座[1]。

"水貂这么容易掉毛吗？"

乌田自言自语般喃喃道。不知为何，某种神似慌乱的紧张感将他笼罩。

---

[1] 保时捷是进口车，驾驶座的位置与日本车相反。

第三个女人　————————　だいさんのおんな

追查

那时的她真的很美，仿佛由内而外绽放着光芒。

1

可能得稍微调整一下破案思路——昨天半夜在永原家的车库发现脱落的水貂毛时，乌田一生警部补第一次生出了这样的不安。

东京近郊，民宅密集。乌田将缺觉的目光投向在窗外流淌而过的风景，下意识梳理着案情。

那些毛果然出自翠身上的蓝宝石水貂短大衣。当时他从车库折回屋里，把毛发拿给家属们检查。永原与茜都给出了肯定的回答。他们还说，貂皮大衣不会无缘无故掉十多根毛。"姐姐说不定是在下面的车库遇袭的，是上车前出的事……"茜如此嘟囔道。

"也许凶手一直埋伏在车库里，在翠准备上保时捷的时候从后面勒死了她，然后把她抬上车，运到了荒郊野外。他大概是觉得把翠撂在那儿，我们就很难找到了，这样就能争取到更多的时间了……"永原同样激动。

"那凶手就不一定是您刚才说的'跟姐姐关系亲密的异性朋友'了吧？趁着夜色从身后勒脖子，对女人来说也不是什么难事。"

被永原茜犀利的眼眸凝视时，乌田惊叹于血亲的敏锐直觉，也不得不同意他们的观点。他一度乐观地以为，只要彻查被害者的异性关系，就能立刻锁定重点嫌疑人。也是在那一刻，不祥的预感掠过心头：这个案子，搞不好会很难办。

刑事课长坐今早第一班新干线从横滨赶了回来。紧接着，神奈川县警本部派遣特搜组，全面启动侦查工作。目前足有百余名警官赶赴现场周边走访调查，摸排翠的社交圈。

上午的搜查会议结束后，乌田前往翠景酒店，在大堂见到了梅崎定男。他提前打过电话，让梅崎不要离开。今天的箱根天气和煦，昨夜的严寒仿佛幻梦一场。

梅崎身材微胖，衣着考究，说话时眼神有些居高临下，是乌田不太喜欢的那种类型。但人家有无懈可击的不在场证明：他出席了寿宴，昨天下午五点后一直都在酒店餐厅。

"我们家在强罗有过一栋别墅，但很多年前就卖掉了。家父就是在那个时候结识了昨晚的寿星。家父去世后，我跟那边也一直有来往，请帖就是这么来的。所以就算我跟翠小姐没有任何关系，昨晚也会入住这家酒店。"

酒店前台与服务生都能证明，昨天下午五点到晚上七点半，梅崎一步都没有离开过餐厅，乌田毫无切入的余地。据说人们开始担心翠的下落后，梅崎也参与了搜寻。

而梅崎的叙述，进一步巩固了乌田在昨晚对案件做出的复杂预测。

"您找我打听她在东京的社交圈，我也说不出个所以然来。毕竟我跟她在东京有来往的时间不是很长，也就她大前年年底搬回箱根之前的一年左右。她不是在赤坂的俱乐部当过琴师嘛，我就是那家俱乐部的会员。"

"认识一年也能了解个七七八八吧。除了您，她还有很多异性朋友吗？"

"随便玩玩的朋友当然有。不过……那时的她有种心无旁骛的感觉。"

"您是说她一门心思扑在工作上？"

"不……"

梅崎用略带揣摩的眼神打量乌田。

"茜小姐没告诉您？"

"她说，您大概比她更了解翠小姐在东京的生活。"

"哦，那些事确实不太好跟家里人说。"

梅崎自顾自地点了点头，似是了然于胸。

"看来情况有点复杂？"

"嗯……"

他点了一支烟，透过烟雾看了会儿霞光朦胧的湖面。但乌田觉得，他不像是在犹豫该不该说，反倒有几分津津有味的意思。

"那段时间，她跟一个有妇之夫陷入了热恋。对方是个法国文学翻译家，也是刚崭露头角的导演。我刚认识她的时候，正好也是她通过朋友的介绍碰巧认识那个人的时候。她很快就陷了进去,颇有将身体和灵魂投入激情的火焰,自灵魂深处熊熊燃烧的势头。我一直都在远处观察着她,只觉得那时的她真的很美,仿佛由内而外绽放着光芒。"

"结果呢?"

"自然是没法修成正果的。对方早有妻室,翠小姐又是那么心高气傲,占有欲也很强。这样的两个人迟早会出问题的……准确地说,他们的爱情在决定性的破裂到来之前,就已经在物理层面画上了句号。"

"……物理层面?"

"因为那个男人死了。据我猜测,她就是受了打击,才会听从父亲的忠告,乖乖搬回箱根。"

那个男人——久米伦也的死暗含阴霾,极大地刺激了乌田身为刑警的探查欲。他已许久未曾体验过这样的感觉了。

"话说回来,我最近好像还跟另一个人说起过这件事……"

讲完事情的来龙去脉之后,梅崎忽然露出茫然的表情,如此说道。

当天下午,乌田孤身赶赴东京。因为眼下是侦查工作的初始阶段,需要尽可能多的人手。其实就算没这方面的原因,单独行动也更契合他的秉性,所以他平时就常找借口自己调查。倒也不是他独断专行,想把所有的功劳都揽在自己身上。而是只有孤身一人默默追查触及其第六感的线索时,他才能切身感受到某种近似于微弱成就感的平静。也许他生来就不适合置身于警察这般庞大的组织之中。

一点多到达东京后,他赶往四谷警署,查阅了两年半前——

大前年十月发生的久米伦也煤气中毒案的相关记录。

由于此案最后是按事故处理的，留下的记录也非常简略。

一九七×年十月二十八日晚七时许，久米伦也之妻悠子自出版社下班，回到位于四谷一丁目的公寓，发现丈夫倒在了六帖大的书房里。煤气炉的阀门拧开了八分，火却已熄灭。室内煤气弥漫，久米已然气绝身亡。

尸检报告称，久米死于当天晚六点左右，死因为煤气中毒。遗体并未检测出安眠药或毒药。

妻子与好友均表示久米并无自杀的迫切理由，警方也没有发现遗书。

因此警方姑且先从"事故"和"他杀"这两个角度开展了调查，也找相关人员问了话，但始终没有发现指向他杀的决定性证据。由于煤气炉上架着水壶，而久米又接了一份需要翻译的急件，前一天晚上便通宵工作了，警方据此得出结论：久米在工作时打了瞌睡，没注意到炉火被溢出的开水扑灭了，于是才发生了事故。

接受警方问话的人包括久米的妻子悠子、久米所属剧团的成员、任职大学时的好友，外加永原翠。

记录的措辞足以体现出，翠曾是警方的头号嫌疑人。她在事发一年前与久米发展成"情人关系"，最近则苦于"三角关系的纠葛"。在久米因煤气中毒死亡的晚六点前后，她也没有明确的不在场证明。但警方似乎也没能发现她害死久米的证据……

横须贺线的窗口阳光明媚。乌田用手撑着窗框，托着头打了会儿瞌睡。他凌晨三点才回到小田原的家，一早七点半又出了门。

睁眼时,只见大船站前的观音石像在站台后方逐渐远去。下一站应该就是北镰仓了。

乌田起身走向列车前方,同时从风衣口袋的底部掏出一张皱巴巴的广告传单。今早出门时,他把传单和早报一起塞进口袋。刚才打电话打听久米悠子的住址时,他随手拿出来做了笔记。

2

"您是从哪儿打听到了我的地址啊?"

久米悠子将乌田领进别院的里间,奉上坐垫,低着头苦笑着问道。

"我打电话去了剧团的办公室。本想着要是他们不清楚就去区公所查一下,所幸服装部有位跟您比较熟的女士好心告诉了我。"

"哦,那肯定是佐伯。她是我的高中同学。外子的每一场法事她都来了……"

但说完这几句话后,丰满的嘴唇便隐隐渗出了对其随便透露自己住址的不满。

久米悠子应该有二十九岁了,气质温文尔雅,面部与和服领口处的肌肤仍散发着妙龄少女般的水灵。许是因为她没生过孩子。觉得一袭和服的娇小身姿包裹在淡淡的忧愁面纱之中,则可能是因为他意识到了她年纪轻轻便已丧夫的命运。

"恕我冒昧,请问您为什么要搬来这里呢?听说久米先生出事一个月后,您就搬出了四谷的公寓……您就不嫌这地方太冷清吗?"

乌田望向院子的外围,有感而发。那里种着黄杨、杜鹃、瑞香等低矮花木,用作树篱。微红的夕阳静静落在还有好一阵子才会吐出新芽的植物上,也落在小小的栅栏门上。

"我父母就住在附近,就是他们让我搬过来的……但父母和哥哥一家住在一起,所以我就租下了这里,一个人住着……"

悠子语气文静,与样貌很是相称。

"东京的工作也辞了?"

"嗯……"

丈夫在世时,单靠笔译和剧团的工作怕是难以度日,所以她也找了工作。如今只剩她一个,她反而能从娘家得到足够吃饱穿暖的援助。悠子的大小姐气场,让乌田生出了这样的想象。

悠子泡了绿茶放在他面前,然后用讶异的眼神盯着来访的刑警。见状,乌田便压下了想再打听打听悠子私生活的冲动。

"呃,我刚才也说了,我是为了一起案件而来……"

乌田一来便出示了证件,表明身份。

"昨天,永原翠在箱根湖尻被人勒死了……"

不出所料,悠子表情一僵,睫毛也垂了下来,却又有几分"早有预料"之感。

"您知道吗?"

"嗯,在电视和报纸上看到了……"她保持垂眼的姿势,轻声回答。

"我们对被害者开展了多方调查,这才了解到了两年半前的事情。当然，那件事最后是按意外事故处理的，但永原小姐一度是嫌疑人，接受了相当严厉的审问。所以我们怀疑，这次的案件可能与您先生的事件有某种联系……"

"您说的某种联系，是指……？"

悠子如此反问，似是发自内心地感到诧异。

"那我也不绕弯子了……我们认为，也许有人认定是永原翠杀害了您先生，并将他杀伪装成了事故，本案就是对她的报复。"

"天哪……"悠子顿时倒吸一口气，然后渐渐皱起眉头，再次低下了头。

"恕我冒昧，请问您先生出事的时候，您有没有察觉到他和永原翠之间的关系？"

"嗯……"沉默片刻后，她微微点头道。

"您跟她认识吗？"

"碰巧见过两三次……"

悠子的头垂得更低了，声音更是轻不可闻。说完便紧抿嘴唇，眉头紧蹙，仿佛下一秒就要落泪一般，像是突然被人触及了最痛苦的过去，引发了排斥反应。

乌田将目光移向远处的院子，沉思片刻后转过头来，用公事公办的口吻问道：

"请您再回答一个问题，供我们日后参考。昨天，也就是星期二晚六点半左右，您也在家吗？"

悠子缓缓抬头，用好不容易挺过情绪波澜的眼神回看乌田。

"昨天我去了离家一站的镰仓，在那里待到晚上六点，到家的时候是七点不到。"

"'那里'是……？"

"哦……我每星期二、星期五都去镰仓上班的。有位朋友的先生开了一家小出版社，请我过去搭把手。他们专做美术方面的印刷品。"

"所以您昨天也去了出版社？"

"是的，从中午到晚上六点都在那里。"

乌田当然记下了出版社的名称和地址，但听悠子的口气，应该是确有其事。如果她真在镰仓待到了六点，那就绝不可能在六点半出现在永原家的车库，勒死永原翠……

他有些心灰意冷，但并未对这个气场忧愁却又有些孩子气的年轻寡妇失去兴趣。

"除了星期二和星期五，您都做些什么呢？"他环顾别院问道。檐廊对面的墙边几乎摆满了书。法国古典悲剧全集、近代戏曲集、诗集……其中不乏原版书，许是亡夫的收藏。

"直到最近，我才有心思整理外子的书籍、笔记和未完成的手稿。"

悠子也望向墙边，以重拾平静的声音回答。

乌田漫无目的地扫视成排的书脊，忽然，目光凝在一处。因为他发现了与周遭格格不入的文字。维庸和魏尔伦的诗集旁边，分明插着一本《食品学会》。那似乎是一本薄薄的杂志，颇有些"刚好有条缝就顺手插了进去"的感觉。然而在一堆古旧的法国文学书之中，它的书脊白得惹眼，显得分外诡异，刺激了他的知觉。

悠子顺着乌田静止的目光望去，也注意到了那本杂志。

"哦，那本杂志……是前两天突然冒出来的。当时我正在整理外子的遗物，都不知道是怎么回事……"

悠子微微歪头，优雅的嘴边泛起稚气未脱却又透着神秘的微笑。

在整理久米的遗物时发现这本不属于他专业范畴的杂志，似乎也令她颇感意外。

然而，当乌田再次不经意地望向那本杂志时，他竟发现书名下方印着代表今年四月号的数字。

第三个女人 ———————————— だいさんのおんな

明信片

"好想跟史子见一面"。

1

　说来真是不可思议。有时候，人会在电话响起时意识到这通电话是不是打给自己的，或者是谁打来的。

　大湖浩平听着在身后再度响起的铃声，很不耐烦地想，"又是找我的"。肯定和昨天见报的南平食品波比可分析报告有关。

　助教山田接起电话。不出所料，他将听筒递过来道："老师，东京来的电话。"

　"喂？"大湖一接听，便有悦耳的女声传来。

　"是大湖老师吗？您好，我是《食品学会》编辑部的——"

　刹那间，不祥的震撼如惊涛骇浪般席卷大湖的胸口。他反射性地想到了留在北镰仓久米悠子家门框上的那本杂志。调查永原翠凶杀案的警方不会是通过它查到了自己吧？

然而，对面换了一位男士，说是杂志的副主编。他说他看到了昨天发布于各大报刊的波比可分析报告，也了解到了大湖对波比可和肝癌患儿的因果关系的见解，对此颇感兴趣。语气中带着节制的赞赏。

"所以我们想跟您约个稿……想必您也注意到了，《食品学会》的四月号特辑就是关于儿童食品公害问题的，我们想继续深挖这个话题，希望您……"

对方想请大湖回顾一下发布此次报告的经过，重点提一提他与已故的吉见教授在同一个实验室得出了截然相反的结论的原因，篇幅控制在三十页左右……

聊着聊着，大湖渐渐觉得那谬以千里的恐惧滑稽得很，借着重拾从容的势头答应下来。

放下听筒，回到办公桌前，目光下意识落在了昨天一早便上了桌的报纸上。

前天，大湖向县卫生部提交了初稿写于去年八月，又经过了反复推敲的分析报告，其内容刊登在了昨天的早报上。

报道的影响之轰动，远超他自己的预想。

但细细一想，倒也并非无迹可寻。

虽说自去年九月以来，吃过波比可的孩子患上肝癌的情况已有所减少，但病例仍时有出现。举国上下的关注度也在逐渐上升。

更关键的是，大湖的报告与吉见教授的意见针锋相对，断定肝癌由生产波比可时使用的发霉淀粉中的 A 毒素引起，并将全部责任归咎于南平食品。媒体自是反响热烈。

而且，大湖的报告也暗示着这样一个事实：吉见一度将分析工作交给副教授，却无视了他的报告，发表了完全不同的见解。

因此从昨天下午开始，大湖办公室的电话就响个不停。有媒体的采访、公众的询问、受害者来电致谢……甚至还夹杂着认定他"沽名钓誉"的恶作剧电话。

"您这是出名了呀。"

助教山田在大湖背后笑着嘀咕道。语气中既有揶揄，亦有追随，将大湖周围那些J大毕业的助教和其他副教授的态度体现得淋漓尽致。

大湖此次的行动是会化作推动他登上教授宝座的动力，还是会招来与已故的吉见教授一个鼻孔出气的教授们的反攻，导致他被逐出J大？不难想象，他们都在静观其变，随时准备着倒向其中的一方。

大湖看了看表。十一点四十分。

现在午休似乎早了些，但他还是将目光从河流水质调查资料上移开，站了起来。电话随时都有可能再次响起，他实在是烦透了，不想再待在办公室了。

"再有电话来，就说我傍晚之前都不在吧。当然，我下午一点就会回来的。"

"知道了。"山田点了点头，薄嘴再次泛起复杂的微笑。

银杏和梧桐已经冒出了嫩芽。这两三天，大学校园一直沐浴着骤然饱含春意的阳光。

真让人难以置信，上个星期还冷得如隆冬一般。

然而，蹲在箱根湖尻的永原家车库时体会到的刺骨寒意，仍时不时浮现在大湖的感官之中。随之而来的记忆，好似精神与肉体的疾风骤雨……

鲛岛史子会在哪里听到永原翠被杀的消息？

她许是在北镰仓的僻静别院中独自咀嚼了这一事实。

说不定事后有刑警找过她。因为警方很快就会查到，她有理由因两年半前去世的丈夫记恨翠。

可惜久米悠子的不在场证明应该是无懈可击的。据媒体报道，警方认定永原翠是三月八日星期二晚六点二十分左右被人勒死在了自家车库里。大湖把保时捷开去了下方的原野，以便争取时间逃跑，并将嫌疑人的范围缩小到"翠的熟人"，不过警方轻易识破了他的伎俩。但由于犯罪现场已被认定为"车库内"，犯罪时间也被明确锁定在了"翠刚离家的十分钟左右"。

这就意味着，每星期二、星期五上班到晚六点的史子有了毫无疑问的不在场证明。

想必她也看到了昨天发布的分析报告，因为全国各大媒体都报道了这条新闻……想及此处，便有种难以名状的满足感涌上他的心头。

"小小年纪就得了癌症，听着都让人心碎……"史子噙着泪水的呢喃，久久萦绕在他耳边。

想必在巴比松的宿命之夜，史子定是和大湖一样同情那些可怜的肝癌患儿，也和他一样痛恨与商家勾结的吉见教授。

如今回想起来，那就是一切的开端。一定是这种人性层面的共鸣，让他们迅速走到了一起。大湖说"这个世界上，确实存在一些绝对不可饶恕的人"时，史子如此回答道："确实如你所说。

但'不饶恕'需要很大的勇气，不是吗？"

诚然，在那个夜晚之后，史子比他更勇敢一些，也更早采取了实际行动。但大湖也切实履行了承诺，也因此在没有任何外力阻碍的情况下公布了真实的分析报告。两人默契的计划，难道不是在这一刻完美实现了吗？！

报告的发布确实会暂时带来不少麻烦。受害者一旦对商家提起诉讼，他的立场就会变得更关键，心理负担也会更重。而且，这件事能否将他推上理想的位置也是个未知数，情势不容乐观。

可就算他最终失去了一切，这份成就感也不会消失！

构成大湖性格一部分的英雄主义愈发鲜活，愈发高涨。只要能减轻无辜又可怜的患儿和家长们的痛苦，哪怕牺牲自己的未来，他也无怨无悔。这份觉悟，让他由衷地满足。与此同时，作为富有正义感的杰出学者受到全社会瞩目的立场也让他倍感畅快与兴奋……

只要想办法保护自己不受间歇性袭来的恐怖记忆的影响，情况还是非常有利的。

带着某种花香的柔风拂过衣领时，他怀着近乎明朗的心情想，"好想跟史子见一面"。

在昨天的早报刊登了大湖的见解后，各大报刊便没有再跟踪报道永原翠一案。对他来说，这也是痛快无比的讽刺。

箱根的侦查工作似已陷入瓶颈。虽不能指望福冈的报纸详细报道此案，但不难猜出小田原警署的搜查本部应该已经确定了翠被勒死的确切时间和地点，却无法锁定具体的嫌疑人。

要避多久的风头，才能和史子重逢？大湖不禁琢磨起来。

翠的案子已经过去了八天。他好像在老警察的随笔里读到过，一起凶杀案能否侦破，关键在于案发后的两个星期。一旦拖过一个月，发展成悬案的可能性就会大大上升。

到下星期二，刚好是两个星期。

那时大学也会放春假……

很多课已经停了，校园里冷冷清清。大湖穿行其间，拐进靠海的国道。

国道车水马龙。他漫步于边上的人行道，仿佛能透过鞋底感受到被明媚阳光烤暖的铺路石。前面的保龄球馆附设了一间环境舒适的小餐馆。他打算先过去喝杯咖啡。

与史子重逢……在大湖的脑海中，这是最自然也最平静的结局，好似在穿越危机四伏的深夜山谷之后，来到一片被玫瑰色的曙光笼罩的平原。然而，他每每琢磨起实现这一结局的具体方法，都有疑似贼风的焦虑钻进心头。

这显然是因为，他和史子从未在严格意义上见过面。

在尚塔尔公馆的酒廊里，印在他视网膜上的不过是女人披着咖啡棕色长发的肩膀和一小块白皙的额头，外加包裹在黑色丝袜中、宛若雕塑的修长双腿。后来还感知到了乔其纱连衣裙下那富有青春弹性的躯体、笼罩她全身的娇兰香味和透着高贵的气息……

然后是声音。但他听到的，算不上她真正的声音。

"只是昨天感冒了，喉咙疼得要命，所以哪儿也没去，打算在这儿休息一会儿。"她如此说道，嗓音也确实沙哑，发声都有些勉强……

但大湖的记忆并非寻找史子的唯一线索。

首先，她肯定在去年十月中旬去巴黎旅行了一个多星期。

其次，十二月三日星期五晚上和十二月四日下午，她肯定身在福冈。三日晚上，市中心的酒店举办了一场婚宴，吉见以主宾身份出席。而四日下午两点到四点，他在家中中毒身亡。

还有……最关键的是，她必然对永原翠恨之入骨！

思来想去，还是久米悠子最接近史子。要是有办法查出悠子去年秋天有没有去过巴黎就好了，奈何他很难在暗中查明此事。

悠子身着和服，伫立于北镰仓别院的院子里，袅袅白烟后的动人身姿，浮现在大湖眼前。

也不知她有没有把他悄悄留在门框上的杂志，理解为他发来的音信？

就在这时，心田的角落暗流涌动。许是刚才接到杂志编辑部的电话时生出的不祥震撼死灰复燃了。

大湖停下脚步。

因为他盯着马路前方意识到，心中的阴霾许是通过视觉接收到的刺激所致。

2

只见一辆向大湖驶来的黑车停在了前方十米处，走下一名高个男子。

那人关上车门，举起一只手。车子再次发动，从大湖身边开过。开车的分明是身着制服的警察。

大湖再次迈步。即使他停在原地，古川警部也会立即走来，像往常一样面带友善的微笑，说他是碰巧路过，偶遇了大湖……

"您好，好久不见。"

正如大湖所料，古川警部朝他走来，红润的脸上挂着沉稳的表情。温和的五官以黑框眼镜稍加收敛。犀利而执着的探究心和对洞察人性的强烈兴趣，让镜片后的双眸时刻散发着独特而丰盈的光芒。

"您……已经出来午休了？"

古川看了看手表。现在是十一点五十分。

"哦，我稍微提早了一点。电话实在太多，根本没法静下心来工作……"

警部似乎单凭这两句话就大致推测出了大湖的处境。

"这样啊，"他深深点头，"专业知识我当然是不懂的，但想为您的见解送上由衷的掌声。"

"您是指南平食品的问题？"

"当然。那家公司不光卖零食，还靠面包和方便食品什么的赚得盆满钵满，怎么可能赔不起呢。他们肯定是怕影响企业形象，又担心责任的内部归属问题，所以无论如何都要装傻到底，可让弱势的受害者白白吃亏是绝对不行的。"

"其实我也不过是站在中立的角度做了分析，得出了那样的结论。"

大湖谨慎作答。

"话说能占用您一点时间吗？"

"您是来找我的？"

"是的。本想先给您打个电话，但一直占线。"

大湖反而有种被打了岔的感觉。可他找自己干什么呢？

两人姑且进了一旁的咖啡馆。它正对着宽阔的国道，店门很小，陈设破旧，似已沉寂多时，遭人遗忘。正午的阳光好像也无法照到室内。

"在您家门前偶遇是二月十一日建国纪念日那天吧？"

他们要了咖啡。女服务员接了单走开后，古川点了一支烟，隔着烟雾眯眼打量大湖。

"后来我们孜孜不倦查了好久，总算快抓住关于那个女人的线索了。"

"……那个女人？"

大湖顿感心跳加速，语气却故作随意。

"对，就是被人撞见在案发前一天在婚宴上和吉见教授在露台上交谈的那个女人。我们认为她很有可能就是第二天下午两点多去教授家的人，掌握着破案的关键。"

"……"

"我们无论如何都要查明她的身份，而唯一的方法就是从婚宴入手。但主办方给出的宾客名单里并没有符合条件的女人……"

"您上次也说，她可能是擅自混进去的。"

"没错，这也让我们对她更感兴趣了。下一步就是在吉见教授身边找符合条件的女人，同时找两百多位宾客了解情况，看看有没有人还记得她。也就这点法子可用了。"

而古川前些天告诉过他，警方没能在吉见教授的交际圈中找到可疑对象。

"找到记得她的宾客了吗？"

大湖用格外随意的语气问道。古川投来若有所思的眼神。

看着很苦的咖啡上了桌。就在服务员布置桌面时，大湖觉得警部正用暗含神秘微笑的眼睛看着自己，脸颊不由自主地僵硬了几分。

"哦，我们一开始就找到了几位依稀记得她的宾客，贵系的山田助教也是如此，所以我们才注意到了她的存在。但后续调查的难度远超预料……"

算上主办方，婚宴共有二百十一人出席。警方把所有人问了个遍。宾客有从东京和鹿儿岛远道而来的，甚至有婚宴次日便出国旅行的。

所以这个环节的耗时出乎意料地长。好不容易问完了，却发现没有一个人知道神秘女子的名字或身份，或与她进行过令人记忆深刻的对话。

但有近二十人依稀记得见过她，足以证明她并非幻影。综合他们的描述，此女子的年龄在二十五到三十岁之间，留着长发，身材中等或偏高，身着深蓝色或灰色长裙，款式朴素而精致，大部分时间戴着蓝色的太阳镜。

由此得出的女子形象，与街坊家的主妇在婚宴次日目击到的"走进吉见家院门的女人"的背影给人留下的印象完全吻合。

"总之，我们没能通过宾客了解到更多的信息……"

古川往咖啡里放了糖，默默搅拌了一会儿，似是在回忆那段时间的辛劳。

大湖想起二月见面那次，警部在临别之际提到"我们还没有放弃对那个女人的追查"时的表情。是不是再复杂的秘密，都会被他查得一清二楚？

"那您刚才说'总算快抓住关于那个女人的线索了'是指……"大湖忍不住催促道。

"哦，我们扩大了调查范围，请婚宴当晚入住或进出那家酒店的客人尽可能提供线索。因为我们觉得，虽说神秘女子不太可能住在那家酒店，但其他客人说不定在酒店的某处与她有过接触。"

"有道理。那你们有查到什么吗？"

大湖伸手去拿快要放凉的咖啡，同时问道。听到这话，古川悠然一笑，显得颇为大度。

"功夫不负有心人啊。我们找到了一位在举办婚宴的宴会厅和大堂中间的洗手间撞到了神秘女子的夫人。"

"撞？"

"是的——那位夫人来自东京，那天和她担任公司高管的丈夫一起来福冈探望九月因工作调动搬来这里的儿子和儿媳。儿子一家住在新村，房子太小了，所以他们便住了酒店。"

"是通过住客登记簿找到的？"

"那是当然。我们请酒店提供了当天的登记簿，把上面的人都查了一遍。只要对方填的是真实的姓名和住址，也愿意配合我们调查，无论他住在东京还是大阪，我们都派人上了门。"

事到如今，大湖才意识到警方的组织力是一大威胁。因为再微小的可能性，他们都会彻查到底。

"那位夫人撞到那个神秘女子是怎么回事？"

"当晚七点四十分左右,准备外出的夫人和丈夫说着话穿过走廊。正要进洗手间,却跟从里面出来的女人撞了个满怀。对方许是一边往外走,一边把化妆品塞进包里,这一撞,包就掉了下来,里面的东西散落一地。夫人连忙道歉,帮她捡掉出来的东西。对方倒也不像很生气的样子,但全程低头不语。根据夫人的描述,那名女子身穿蓝灰色长裙,戴着蓝色的太阳镜,身上有股娇兰的香水味。"

疑似深沉钝痛的感觉掠过大湖的身体深处。

他下意识拿起没有放糖的咖啡,喝了下去。

片刻后。

"那您提到的线索,就是她喷了娇兰香水……?"

"不,不止。"

古川眼神愉悦,似乎早就料到大湖必有此问。

"散落在地毯上的东西有粉盒、手帕什么的,其中还有一张看着像明信片的纸。夫人捡起来递过去的时候随意瞥了一眼。她还记得上面印着以富士山为背景的山和湖,一艘白色游船驶过湖面,留下道道航迹。夫人表示,那可能是箱根或富士五湖的明信片……"

大湖怀着好似绝望的冰寒心境,意识到那定是翠景酒店的明信片,八成和今年元旦混在贺年卡里寄给他的是同款。许是史子本打算完事后寄给他,但由于某种原因作罢……

"所以我今天过来,是想找您打听打听吉见教授生前认不认识住在箱根或富士五湖周边的人,或者跟那一带有没有什么特殊的渊源。"

警方还没有查到翠景酒店——大湖硬着头皮回看警部那双散发着神奇引力的眸子，如此心想。

也许他们得再抓紧一些了……

第三个女人　——————　だいさんのおんな

重逢

选择在何处重逢,似乎成了一个相当重大的问题。

1

"也就是说,根据目前掌握的线索,此人于今年一月十日首次出现在永原翠周边。他在比湖尻略靠南的'麓馆'住了三晚。刚入住那天,他就逮着服务员打听起了翠景酒店千金的情况。"

小田原警署刑事课股长乌田一生警部补从西装各处的口袋里掏出皱巴巴的广告传单和便条摆在办公桌上,一边用目光描摹那些堪比暗号的文字,一边做着汇报。他素来认为,把打听来的线索依次写在笔记本上也没用,到了需要对比或综合俯瞰信息的时候,还是得撕下纸页摆出来,那还不如一开始就分别记在不同的纸上。不过随手抓起一张纸草草记录,再往口袋里一塞的行事风格,足以体现出他吊儿郎当的性格。

然而此时此刻,坐在对面的刑事课长佐佐木正一脸认真地听他对着那些看似靠不住的笔记做汇报。佐佐木深知这个下属偏爱单独行动，缺乏团队协作精神，但他一旦追踪起什么事情来，便能发挥出惊人的细致和执着。三月十七日上午，县警本部的特搜组长即将过来主持搜查大会，正是气氛最紧张的时候。

"如今的麓馆是一家不起眼的日式旅馆，但它是湖尻一带历史最悠久的旅馆之一，员工大多从业多年，很熟悉周边的情况。另外——这可能是个巧合，据说那位客人住在二楼的一间开了窗就能看到翠景酒店的客房。那阵子天寒地冻，他却一有空就敞开玻璃窗，观察酒店所在的方向。"

"那人年过四旬，有大阪口音是吧？"

佐佐木回顾道。他身材肥胖，肉乎乎的圆脸上长着金鱼眼和招风耳。这位刑事课长虽然在俊敏方面略有欠缺，但有着源自人品的领导力。

"是的，他在登记簿上填写的姓名是池上驹雄，留了个大阪的地址，号称是作家。天知道他是写什么的，我是没听说过，十有八九是瞎编的。"

"嗯。而且他很可能就是第二天—— 一月十一日晚来到翠景酒店的餐厅，听了永原翠的演奏，并于十二日晚在酒吧接近了梅崎定男的那个人？"

"我觉得就是他，错不了。因为共同点实在很多，年纪、样貌、戴太阳镜、关西口音……但他告诉梅崎，自己在琵琶湖边上开了一家俱乐部，还报上了姓氏，但梅崎想不起来了。不过我后来又找梅崎问了问，他很肯定那人报的姓氏不是池上。"

有个黑影般的男人，悄悄接近了永原翠和久米悠子？

案发次日早上找滞留翠景酒店的梅崎定男问话时，乌田第一次察觉到了这种迹象。

梅崎提起了两年半前的久米伦也煤气中毒案，还告诉他永原翠一度被警方怀疑，遭到了审讯。说完之后，他如此嘟囔道：

"话说回来，我最近好像还跟另一个人说起过这件事……"

乌田没有放过这个细节，连连追问记忆模糊的梅崎，好不容易才让他回忆起来——上次来箱根时，多半是一月十二日晚上，他在翠景的酒吧遇到了一个操着关西口音的男人。对方有点诡异地自来熟，相当执着地跟他打听永原翠。他当时喝了不少，一不留神就提到了久米伦也的死和翠的过去……

听完梅崎的叙述，乌田回想起翠的妹妹永原茜在案发后不久的永原家客厅里提起的一件事。当时他还无法判断此事与案件有无联系——思索片刻后，茜如此回答乌田的问题。"应该是上星期五（即三月四日，案发四天前）吧……那天姐姐带的学生临时请假，我就从下面的车道喊住了她。她走在后山的步道上，身后不远处站着个男人。当时我还觉得挺意外的……因为那条路平时几乎没人走的……好像戴着眼镜，衣着也很得体……"

乌田立刻命年轻的下属深入排查一月十日前后至案发期间入住湖尻周边旅馆和酒店的男性客人。住"麓馆"、操着关西口音的"作家"就是这样触及了他的雷达。

"假设麓馆的客人和梅崎定男提到的男人是同一个人……"

佐佐木捏着双下巴松垮的肉，凸起的眼球扫视着乌田面前的便条，眼神透着警惕。

"莫非他对旅馆和梅崎都隐瞒了身份？最好调查一下琵琶湖

周边有没有符合条件的俱乐部老板。"

"早就查过了,"乌田顶了回去,"但没有找到疑似那名男子的人。肯定是有人隐姓埋名,偷偷打听永原翠。"

在见到梅崎的那天下午,乌田赶赴东京,先去了一趟四谷警署,详细了解了大前年十月发生的久米伦也中毒死亡事故。虽然警方是按"意外事故"处理的,但不难推测久米的秘密情人永原翠接受了非常严厉的审讯。

接着,乌田打电话去久米生前所属的 Jardin 剧团,打听久米悠子如今住在何处。

"我认为目前还不能确定徘徊于久米悠子周围的人是不是梅崎见过的那个男人——悠子身边的黑影,不如永原翠那般明显……"

"你是说那本莫名其妙出现在别院门框上的《食品学会》?"佐佐木噘起下唇,一脸怀疑。

"不瞒您说,我起初也没放在心上,以为那就是她整理遗物时翻出来的一本和丈夫的专业没什么关系的杂志。可后来仔细一看,发现那是今年的四月号,实际上市时间是二月下旬到三月下旬,而久米两年多前就去世了,他的遗物中不可能混进这么一本杂志。"

乌田的第六感顿时生出了追问的兴趣。悠子泛着泪花,如此回答:

"那应该是三月五日的傍晚吧。当时我在院子里烧废纸,回屋的时候,便看见这本杂志端端正正地摆在门框上,可家里又不像来过人的样子。我总觉得是外子显灵了,就小心收了起来。"

"这回就轮到我纳闷了。这位寡妇为什么要跟我说这种事呢……"

不过细细一想，动机只可能是以下两种情况：其一，悠子句句属实，她确实百思不得其解，就下意识说了出来；其二，她基于某种意图与算计，跟眼前的刑警编了这么一个故事。

如果是后一种情况，那就意味着悠子乍看蒙着文静哀愁的面纱，实则深不可测。

"但无论如何，悠子自己的不在场证明是无懈可击的。见过她之后，我直接去了她每星期二、星期五上班的小出版社。出版社在镰仓，专做美术方面的限量版书籍。包括社长在内的三人做证说，三月八日星期二，悠子和往常一样工作到晚上六点，下班回家的时候已经过了六点十五分。他们的态度没有任何不自然之处，我觉得还是很可信。因此，我们不得不排除'久米悠子直接参与谋杀永原翠'的可能性。"

"嗯……"

"但在回程路上，我一直都在琢磨……"

乌田单手将桌上的纸片揉成一团塞回口袋，用略显舒畅的语气继续讲述，脸上甚至带着对案件生出发自本能的强烈兴趣时才会露出的惬意浅笑。说来不可思议，能听到他开怀分享自己的思路，而非例行公事的进度汇报的人，永远都只有佐佐木一个。

"听完梅崎的叙述，我便去了四谷警署，详细了解了两年半前的事件，然后再打听久米夫人现在的住址，跟她见了一面。莫非一月十二日在翠景酒吧接近梅崎的人也是先从梅崎那里听说了久米伦也的死，再用自己的方法查到了事件的细节，最后跟我一样坐上横须贺线的列车,来到了北镰仓站……我渐渐冒出了这样的念头。为什么……我至少能猜到一个理由。如果他一开始就了解永原翠的过去,或者知道悠子与那件往事有牵扯,就不会冒着留下蛛丝马迹的风险,缠着梅崎打听了。"

"但你也没证据证明他是用跟你一样的路径接近了久米悠子吧?"

"我当然没有。不,是本就没有那样的证据。毕竟他不可能去四谷警署查询案件记录。他肯定是用别的方法深入调查了久米伦也的死,要么就是姑且满足于梅崎定男的叙述。可他要是生出了见一见久米悠子的念头……假设他确实动了这个心思,那他会用什么方法呢?"

"应该跟你差不多吧。先咨询久米悠子住过的公寓,如果房东说人已经搬走了,就去区公所查新地址,或者找她的老熟人打听……"

比起自己开动脑筋,佐佐木的口吻更像是在引导乌田往下说。

"没错。于是我就抱着碰运气的心态,又打电话问了问……"

"打给谁?"

"Jardin 剧团服装部的佐伯女士。悠子说她们是高中同学……之前打去剧团办公室询问久米夫人的新住址时,最后就是她接的电话,讲得那叫一个细致。她有一副动听的女高音,说话跟唱歌似的。单听声音,您肯定会想象出一个大美人……"

"你又问她什么了?"

"我问,最近有没有别人打听过久米悠子现在的住址。"

"她怎么说?"

"您猜猜？——她说'确实有，应该是三月四日星期五晚上九点左右吧'，她也详细解释了自己为什么记得那通电话的日期和时间，说是有个男人打电话来，打听久米夫人搬去了哪里……"

根据佐伯的描述，那名男子听着像中年人，语气沉稳，彬彬有礼。但佐伯问他是不是久米老师的朋友时，他突然用略显慌张的语气回答，"是的，但我常年旅居国外，不知道他出了事……"，然后很快就挂了电话。他匆忙作答时，好像带了点九州口音。

"怎么又冒出了个九州口音……"佐佐木又捏了捏自己的双下巴。

"关西和九州的口音连那些比普通人强不了多少的小明星也模仿得了啊。关键在于三月四日这个日期。"

"永原茜在永原翠的尸体刚被发现时提起过那天是吧。"

"三月四日下午，妹妹从下面的车道喊住了要去后面的人家上钢琴课的姐姐，发现有个戴眼镜的陌生男子走在姐姐身后……"

"对。"

"然后在三月五日的傍午时分，久米悠子发现了莫名其妙出现在别院门框上的杂志。而且翠景酒店的前台经理称，他在同一天下午三点左右接到了一通电话，那人问永原翠下次在酒店演奏是什么时候。"

"哦……把线索摆出来一看，确实会产生这么一种印象：一月十日到十二日，以及三月四日到五日，有一名或两名中年男子在打探永原翠和久米悠子的情况。"

"十有八九是同一个人。"

"嗯——翠遇害了，但悠子……"

"我总觉得,那个神秘人会再次接近悠子……"

"为了什么?"

"不清楚。如果他是受悠子之托杀害了翠,照理说也不会大费周章找梅崎打听翠和悠子的事情……"

"他不会是还想对悠子下手吧?"

佐佐木似是随口一说,并没有确凿的依据,乌田却一反常态地心头一凛。

"可……我想不出杀害那两个女人的共通动机。但无论那神秘人有什么目的,他都一定会再次接近悠子。我就是有这种预感。"

"盯住悠子。"

佐佐木第一次用了斩钉截铁的语气,站起身来,似是在表明坚定的决意。

2

在只能听到远处风声的酒廊中,史子用成熟而柔情的声线喃喃道:

"但此时此刻,我有种与你互为分身的感觉。真希望你也有同感。"

"那是当然,我真的……"

"谢谢你。——如果我们能再次走到一起,而不必提起今晚共享的这段经历,那真是天底下最美妙的事情了。"

然后,她用手指在大湖的脸颊上轻轻一点,转身离去,只留下了摩擦地毯的微弱脚步声……

莫非史子从那一刻起便暗暗发誓，永远不再提起两人共享的这段经历？

只要大湖不遵循这条规矩，不放弃让史子用话语来证明她就是史子，她就永远不会回应他给出的信号？

为什么？难道对他们从未说出口过的犯罪计划深信不疑的她，早在那个夜晚就已下定决心，要如此谨慎地互相约束吗？

然而，此刻他们之间还有什么话语之外的沟通方法呢？这里虽然昏暗，却终究是众目睽睽之下的餐厅一角……

不，久米悠子这过于谨慎的态度，是不是为了提防第三者的监视？

想及此处，大湖顿感焦虑，不禁抬眼扫视被旧式水晶吊灯的柔和灯光照亮的餐厅内部。

餐厅并不算大，几乎满座。每张桌上都亮着小灯。灯光复杂的相互作用，让人难以看清四周的每一张脸。每组客人似乎都在用恰到好处的音量谈笑风生，享受着勃艮第风味的晚餐。硬说有什么不对劲之处，那就是隔着大约三张桌子的两名中年男子。从刚才开始，他们便不时朝这边投来目光，但那也许只是位置和角度所致……

身着白色上衣的服务生撤走了悠子面前的红酒炖鸡和火腿。盘中的菜肴几乎原样未动。另一个服务生则用小刷子迅速扫清桌上的面包屑，整理好桌布，将苹果派和小杯意式浓缩咖啡摆在桌上。

悠子仍垂头坐在大湖面前，脸上的表情很是僵硬，客气中夹杂着些许困惑。散发着朗姆酒香味的派就摆在她面前，涂抹其上的杏子酱光泽四溢，但浓密睫毛下的眼眸并无明显的波动。

莫不是暗藏在这纤弱身躯中的骇人胆识与坚韧意志使然？

话虽如此，大湖终究还是生出了焦躁。无论是这道甜点，还是刚才那道醇香的主菜红酒炖鸡，都是他煞费苦心所点的。

法国菜不合您的胃口吗？——他本想用这个问题打破凝重的氛围，却将到嘴边的话咽了回去。如果史子不爱吃法国菜，又怎会孤身一人前往尚塔尔公馆的餐厅？红酒炖鸡是最经典的勃艮第菜，苹果派也是那家餐厅的招牌。他还清楚地记得，史子说她尤其喜欢生火腿……

"实不相瞒，在给您打电话之前，我也是费了一番功夫才找到了这家餐厅呢。正如之前所说，我老家在九州，所以不太熟悉东京这边的情况，而且能吃到正宗勃艮第菜的餐厅好像也不多——可我又觉得吧，既然要厚着脸皮邀您共进晚餐，那就必须找一处好所在，能让您想象出久米先生与我共同的回忆……"

大湖措辞谨慎，语气难免郑重。由于悠子久久没有放下戒备，大湖只得继续假装"久米先生在法国留学时的朋友"，却忍不住在对话的细微之处穿插给"鲛岛史子"的暗示。每说一句话，都如走钢丝一般惊险复杂。

"当年您肯定对他多有照顾。"悠子温顺地低头说道。

大湖将咖啡杯钩到手边，渗出一层薄汗的脸转向餐厅的花园。

花园被中世纪风格的尖头铁栅栏包围。园灯苍白，有些茂盛过头的绿植在温热的夜风中沙沙作响。远处公寓的塔楼剪影，在某些角度确实神似砖瓦砌成的酒窖。

一如当时的雷鸣风雨显然是指望不上了，这就意味着两人若要在东京的某处"偶然"重逢，这便是再理想不过的环境……

三天前——三月十八日晚，大湖从福冈的家中打电话给身在北镰仓的久米悠子。

就在打电话的两天前，他在大学后门边的街上偶遇福冈县警的古川警部。

警部告诉他，现身婚宴的神秘女子带着一张富士五湖或箱根的明信片。从那一刻起，大湖便生出了急切的渴望。

必须趁"敌人"还没查到翠景酒店，赶紧见史子一面。如果警方尚未锁定酒店的名字，尚未将两起凶案联系起来，大湖和史子的秘密重逢应该就不会有太大的危险。只要见上一面，将史子的模样真真切切地铭刻在心，他就有信心经受再一次分离……

在大湖的意识中，久米悠子几乎已与史子的形象自然而然地重叠在一起。

选择在何处重逢，似乎成了一个相当重大的问题。因为大湖有一种预感，悠子不会轻易向他暴露自己。许是戒心使然，也可能是出于谨慎、羞涩或想要吊人胃口的戏弄。但恰到好处的环境，有望大大缩短这个环节的时间。毕竟女人是容易受气氛影响的生物。

苦思冥想一整天后，大湖打电话给一位在东京某大学担任副教授的朋友。他粗略描述了尚塔尔公馆的氛围，请朋友帮忙物色一家尽可能相似的法式餐厅。他还提了个棘手的条件：餐厅最好是酒店附设的，或者开在酒店边上……

不一会儿，朋友回了电话，告诉他麻布狸穴町的苏联大使馆后面有片很幽静的地方，位于那里的一家餐厅完全符合他的要求。

据说那一带有间高档酒店，里面开了一家传统的勃艮第餐厅。不过在时代浪潮的冲击下，酒店的生意已大不如前，如今唯有餐厅还如往日一般热闹，食客络绎不绝。

大湖强压着内心的激动，当晚便尝试联系悠子。

他请别院房东太太帮忙喊悠子过来听电话。片刻后，悠子的声音传来，如大湖想象中一般文雅沉静。

"请恕我冒昧来电……敝姓大友，是久米先生在巴黎留学时的旧友……哦，我虽然也在巴黎深造，但专攻卫生学……他没跟您提过吗？"

大湖通过报上刊登的简历得知，久米伦也在母校担任全职讲师时，曾在巴黎大学戏剧系留过一年学。天知道当年的巴黎有没有卫生学专业的留学生，但事到如今，倒也不必纠结这种小问题了。听起来越是矛盾，"卫生学"一词就越是能精准刺激到悠子的耳朵。

然而，悠子却以平静的语气回答道：

"没有……因为我们是在他留学归来的第二年结的婚。"

"哦……其实我后来也回过一次国，但很快又去了巴黎，前一阵子才彻底搬回来，所以一直没听说他的遭遇，都没来慰问一下，实在抱歉……是这样的……"

大湖称，久米伦也把一些书和私人物品留在了巴黎的公寓，这些年一直由他保管，这次总算是带了回来。毕竟是贵重的遗物，还是交还给遗孀比较妥当。

悠子显然动了心，语气透着激动。

"太感谢了……再远我都去！"

"那能不能麻烦您来一趟麻布的辛西娅酒店?因为我马上要回老家了,只会在酒店暂住几日……"

两人约在小长假的第二天,也就是二十一日傍晚见面。大湖趁机补充道,他非常想请悠子共进晚餐。

"酒店里有家历史悠久的餐厅,氛围像极了我当年跟久米一起去过的一家店。您要是没有其他安排,我很想和您聊聊那晚的回忆……"

氛围像极了尚塔尔公馆——这句话险些脱口而出,所幸大湖克制住了自己。

悠子起初表示婉拒,但最后还是耐不住大湖的一再恳求,顺从地答应了。

而大湖将这份顺从理解成了对一切的默契。

他预订了酒店的客房和餐厅的座位。

二十一日晚六点,久米悠子如约现身。

由于两人在表面上是素未谋面的关系(事实也相差无几),大湖表示会放一本与自己的专业有关的书在桌上,以便认人。

他在五点四十分左右占了个面朝花园的座位,默默等候。见一袭和服的悠子走进餐厅,大湖略带犹豫地举手示意。

乌黑的长发盘成闪亮的发髻,仿佛是刚在美发厅做的发型。和服上印着浓淡有致的蓝色花朵图案,春意盎然,显然是出门见人的衣裳,洋溢着少妇的清新。

大湖和悠子互致初次见面的问候。

眼前的悠子是那样优雅动人,但大湖再次察觉到了一个微妙的误判。

直到片刻前，他仍然坚信，只要能见史子一面，只要对方真的是史子本人，他就能立刻心有灵犀地认出她。

然而，当悠子实际现身时，他只能确定面前有一位自称久米悠子的丽人，却无法迅速判断出她是不是史子。

不过他的心已然接受了悠子。他的理智也想把她认作史子。

因为她文静与阴柔的气质，与他的"史子"完全吻合！

都吻合到这个地步了，她还能不是史子吗？

也许在尚塔尔公馆的黑暗中，他的直觉在洞察了史子的一切之后燃起了对她的激情。而此时此刻，冷静的理智正开始以全新的感动，认知她方方面面的特质。

这难道不是真正被上天祝福的爱情修成正果的时刻吗？

悠子仍以躲在硬壳之中的态度示人，想必是在提防外界的视线。兴许她是在怀疑，与他们相隔约三张餐桌的两名中年男士是刑警。

单看表面，她似乎是对以亡夫在巴黎的旧友自居，却绝口不提具体事例的男人渐渐生出了失望和不满。而她的态度，也在两人之间的餐桌上酿成了尴尬的气氛。

尽快为这个环节画上句号，似乎才是明智之举。

大湖当机立断。

"我跟久米专业不同，又比他大了四五岁，平时相处起来还是有点距离的，但那次一时兴起同游巴比松村后，所有的隔阂仿佛都在瞬间消失了。"

这一回，大湖直视着悠子的眼睛，说得热情洋溢。

"还记得当时是十月中旬，一场反季的风暴自傍晚席卷巴黎。

一阵电闪雷鸣之后,整座村子好像都停电了。我们在漆黑的酒廊里聊了约莫一个小时,聊了许许多多。不,应该说我们在那个夜晚吐露了心底唯一真实的故事……我毫不怀疑,那时的我们邂逅了无可替代的机缘……"

话到一半,大湖的眼眸便已失去焦点。耳道深处响起尚塔尔酒廊外的狂风呼啸声,无比清晰。连史子那神秘的高贵吐息的气味,仿佛都再次鲜活起来。

"去年秋天,您是不是也独自去过巴黎?"

悠子并未回答大湖的低语。

再次看向她的脸时,大湖发现她修长的眼眸第一次散发出某种异样的紧张。只见她瞠目凝视着他的肘边。那里刚好放着悠子方才落座时被他下意识推到一边的《食品学会》杂志。

悠子抬起睫毛,两人的目光在空中相遇。悠子微微皱眉,嘴唇发颤。大湖深切感觉到,她有所诉说,有所欲求。疯狂的渴求向他袭来。

"久米留在我这儿的书和其他东西都放在客房了,您来看看吧。"

他露出平和的微笑,站起身来。

要不了多久,温柔的黑暗定会解放他们的灵魂……

3

大湖的房间位于一楼走廊的尽头,面向酒店的中庭。

他以故作随意的动作快步走去。悠子的草鞋擦过地毯的轻响紧跟在后。

解锁开门后,他先开了灯,以手势请悠子入内。

"请进。如您所见,这家酒店有些年头了,所以装潢有些陈旧。"

但和新近大型酒店的那种注重功能的客房相比,这间客房的氛围更显舒适惬意。对开的玻璃门直通花园,褪色的天鹅绒窗帘扎得松散。玻璃门外是露台和同样略显葱茏的花园。但与餐厅前院唯一不同的是,花园里那盏好似老式煤气灯的电灯碎了玻璃罩,没有点亮,许是因为很少有客人走到这边。这个意外的幸运,也令大湖颇感满意。

双人床套着织锦床罩。壁炉贴着花纹瓷砖。橄榄棕色的沙发和椅子看着很是舒服,和窗帘一样褪了色,边缘略略发白……

稍加牵强附会,便觉得客房的氛围与尚塔尔公馆二楼的酒廊倒也不是全然没有相似之处。

悠子停在房门口,似是犹豫了片刻,然后低声道了句"打扰了",迈步入内。

大湖挥手招呼她坐沙发。待她浅浅坐下,他回到门口,轻轻关上木门。门上装了自动锁,想必是最近刚换的配件。

悠子仍在环顾室内,表情略显不安。目光在桌面的两三本书上稍做停留。意识到那些书都与大湖的专业有关时,她开口问道:

"请问外子都托您保管了些什么呢?"

大湖没有回答,站在原地,面向昏暗的花园。

"这里只有我们两个,不存在第三者的耳目。我们可以自在地回忆,畅所欲言。想必你也觉得条件已经成熟了吧。"

"……"

"真是不可思议,你在尚塔尔的酒廊说过的每一句话,我都记得清清楚楚——'在这个夜晚,在这间酒廊里,突然降临在我们身上的一切……如此奇遇,恐怕不会再有第二次了。不,如果我们能在巴黎、东京或别处重逢,那该有多好啊。但我又怕他日的重逢,会打消上天在今晚煞费苦心赐予我的纯粹和勇气……如果我们能再次走到一起,而不必提起今晚共享的这段经历,那真是天底下最美妙的事情了……'可为什么不能说出我们共享的经历呢?你唯恐打消上天赐予的纯粹和勇气……可我们不是已经用行为完美体现了纯粹和勇气吗?……啊……一想到你用这样纤弱的身躯完成了那样的壮举,我就心潮澎湃,胸口发紧……"

悠子沉默不语。唯有逐渐急促的呼吸声从大湖身后传来。

"我们都已履行了承诺……我还对那起食品公害事件做出了回答,你肯定也看到了吧?"

又一阵短暂的沉默后,传来倒吸一口气的声响。

"就是您……在我家门框上放了那本《食品学会》杂志?"

"当然是我。只不过我那天只看了几眼你的背影便离开了。因为我想起了你说过的话——但看上几眼就足够了,不是吗?我觉得我们仿佛已经等了十几二十年了。事已至此,我们是不是可以像故事里的珍珠小姐和尚塔尔先生那样,在悲惨苦恼的尽头解放彼此的灵魂呢?"

转瞬即逝的、神圣的陶醉和疯狂的感觉……那个夜晚的种种,仿佛正在大湖全身上下的血管中复苏。

"求你了……不,哪怕只有一次也好。让我再见一见那晚的你吧。如此一来,再严苛的沉默,我都能继续忍受,继续等待……"

他大幅倒退两三步，然后跑到门口，拨下门边的开关。

黑暗降临。

尽管有微光自花园而来，也不知是从哪儿漏出来的，但房间已被黑暗笼罩，几乎无法看清对方的轮廓。令人怀念的昏黑与寂静环绕着他们。

大湖走近沙发，几乎没踩出脚步声。

他在悠子身边坐下，从后面用双手搂住她的肩膀。还记得那个夜晚，身着乔其纱连衣裙的史子轻盈地坐上他的膝头，背对着他，然后转过头来，毫不犹豫地寻觅他的唇瓣……

悠子的肩膀僵硬得可怕，全身如痉挛般颤抖。

"史子……我都梦见你无数次了……"

正要拥她入怀，她却突然转动肩膀，伸出双手顶住了他。直到此刻，他才注意到，她已气喘吁吁，唇间漏出断断续续的声音。

"史子，我是大湖啊，你不记得那个夜晚了吗……"

说时迟那时快，悠子的双手猛推他的胸口。他不由得打了个趔趄。与此同时，只见她用手袋捂着衣襟，冲向门口。

"等等，史子……我们今晚好不容易……"

悠子甩开他苦苦纠缠的手，再次发出近乎惨叫的声音。不等他的指尖碰触到和服的衣袖，悠子便已打开房门，狼狈出逃。

不知过了多久，大湖呆坐在地毯上，全身虚脱。

一身冷汗带来的恶寒将他一点点拽回现实，拽回他全然不愿回归的现实……许是出于本能的抗拒作祟,他强忍着令人不快的寒意,跟丢了魂似的继续坐着。

敲门声突如其来。

又敲了两下。

来人绝非悠子。强劲而急躁的敲法足以说明一切。另一股寒气滑下他的脊背。脑海中闪过刚才在餐厅时不时观察他们的那两名中年男子。

大湖如触电一般,猛然起身。

第三个女人 ——————————— だいさんのおんな

交集

一个人，真能如此信任别人吗？

1

"神秘女子先后出现过两次,分别是去年十二月三日晚上和四日下午。不,那绝非幻影。因为幻影不会喷娇兰香水,也不会在酒店洗手间撞到人,任包里的东西散落一地。"

小田原警署刑事课长佐佐木和股长乌田注视着福冈县警搜查一课特搜组古川政雄警部的眼睛。黑框眼镜深处的眼眸散发着柔和的光芒,有种不可思议的魅力。

"关键在于掉出来的那张明信片。帮忙捡东西的夫人记得包里掉出来了一张很好看的明信片。上面印着头戴积雪的富士山、群山与湖泊,湖面上有一艘拖着白色航迹的游船。而且我们先后问过她三次,她每次都说,那肯定是箱根或富士五湖的景色。"

"富士山、湖泊和游船……箱根确实有很多这种类型的明信片。"

佐佐木习惯性地用指尖掐着双下巴的松弛皮肉，点了点头，露出信服的表情。

"是啊……我们九州人很少有机会去箱根，幸亏那位夫人是东京人——然后，我们彻查了被害者吉见教授与箱根和富士五湖地区的联系，却一无所获。吉见教授在大学里一手遮天，跟本地政界和商界也关系匪浅，传出了不少风言风语，算是个毁誉参半的人物。据说他生前经常外出旅游，但好像没怎么去过箱根或富士五湖。可能是因为他有哮喘，不喜欢去太冷的地方。那一带也没有他的亲戚或熟人，可把我们愁坏了……"

佐佐木连连点头，乌田却只用那双凹陷又略显晦暗的眼睛凝视古川，乍看像是瞪着人家。

"但我最开始也说了，抛开动机不谈，吉见教授被那名神秘女子毒害的可能性还是非常大的——甚至可以说，她是唯一的嫌疑人。可惜能带我们找到她的具体线索，就只有那张明信片了。"

"所以您才关注起了最近发生在富士五湖和箱根地区的案件是吧。可您的依据究竟是……"

"哦，起初我也只是有种模模糊糊的感觉，认为本案可能是委托谋杀。因为神秘女子极有可能是毒害教授的凶手，但我们又没能在对教授有直接动机的人里找到符合条件的女人，那就只能用她受人之托解释了——关注富士五湖和箱根也在这一假设的延长线上……不过事到如今，我也不敢确定自己是不是在关注到翠景酒店千金的案子之前就产生了那种猜想……我的意思是，也许这不光是委托谋杀案，更是交换谋杀案。"

古川警部的语气始终平静而谦逊,但面部转到某个角度时,他的镜片会接下自窗口射入的光亮,形成白浊的反光,为其温和的面貌增添一抹犀利与魄力。三月二十三日下午,小田原警署刑事课的某间办公室洋溢着初夏般的暖意,让人难以想象这才刚过春分。

"也许是我的思维太跳跃了,"古川苦笑着嘀咕道,"这个猜想听起来是夸张了些,但不可否认的是,对一起凶案做出这般例外的猜想,并按这一思路开展调查,确实需要一定的决心和冒险精神。其实这就是我今天出差过来的原因。如果能在你们正在侦查的案件中找到与我的猜想相符的元素,那我就能狠狠松一口气了。如果找不到,我们就不得不在过去的悬案中寻找与吉见教授的案件对应的另一半了,如果还是找不到……那就只好袖手等待即将发生在日本某处的对应案件了……不,也不一定是国内吧,但不管怎样,都必然会在不远的未来发生。"

言及此处,古川停顿片刻,喝了一口摆在桌上的粗茶。

刑事课长佐佐木将那肥肉隆起的圆脸上的细眼眯得更细,看着乌田。但乌田觉得佐佐木并非在征求他的意见,而是在明确敦促他开口发言。

"从本月十八日开始,我们一直在监视一个女人。"

乌田警部补突兀地用豁出去的口吻讲述起来。这是他对目前的话题产生强烈的兴趣,强压着内心的亢奋时特有的习惯。平时问话时,他会用更慵懒一些的口吻。

古川警部放下茶杯,注视着乌田。

"因为我们高度怀疑,有人会去接近那个女人。她有杀害永原翠的动机，但她本人有牢不可摧的不在场证明。"

"也就是说，你们怀疑她委托别人杀害了永原翠？"

"不……我个人觉得不完全是那样的。因为那个男人的行为有太多说不通的地方了……"

见乌田略显烦躁地皱起眉头，古川便没有插嘴，等他接着往下说。

"总之，我们一直盯着那个住在北镰仓的女人。就在前天，也就是小长假第二天的下午，她穿了一身比平时的衣着华丽不少的和服去了东京……"

久米悠子在品川下了横须贺线，打车来到麻布狸穴町的辛西娅酒店。古色古香的酒店内有一家法式餐厅。她走进餐厅时，恰好是晚上六点。

"只见一名四旬男子坐在一张朝向花园的餐桌边，招手示意她过去。那人脸盘细长，看着像知识分子。负责监视的两名刑警便不露声色地在餐厅门口和酒店大堂走动，同时观察他们。"

男子点了餐食和酒。这顿饭吃了将近一个小时。用餐期间，他不时与悠子搭话，悠子却总是低着头。至少从表面上看，两人似乎并不是十分亲密。

吃到七点左右，男子将悠子带到位于一楼的客房。

"谁知进屋不到十分钟，悠子就面无人色地跑了出来。两名刑警分头行动，一个去追悠子，另一个则去敲男子的房门……"

"当然，我们现阶段还无法对双方采取强制手段，"佐佐木看着古川的眼睛补充道，"但我早已指示下属要尽可能摸清情况，如果真有男人暗中接近久米悠子，就要追查到底，非得查明他的身份不可。"

"原来是这样。"古川点头回应。虽然佐佐木并未明确解释乌田股长单方面叙述的事情是不是古川想要的情报，但古川仍在某种直觉的指引下侧耳倾听。

"悠子像是受了很大的刺激，惊慌失措地逃上一辆出租车，以至于追她的刑警都没来得及仔细询问。所幸我们知道她住哪儿，改天再问就是了，于是他便折回了酒店。但分出一个人去追悠子，客房那边的人手难免会有些薄弱，所以……"

"被他跑了？"

"毕竟刑警就那么一个，客房却有两个出入口。"

乌田微微一笑，露出满是缝隙的门牙。这是他第一次对古川展露笑颜。

"有两扇门？"

"客房正对着一楼的中庭。酒店本身也有些年头了，客房是带露台的，能随意进出花园。刑警先敲了会儿门，但一直没人答应，门也上了锁。后来他灵机一动，从花园绕过去一看，发现露台的门是半开着的，房里已空无一人。"

古川警部和乌田警部补默默对视片刻。

"客房里就没留下什么东西吗？"过了一会儿，古川平静发问。

"我们不得不承认，那人逃得相当快，动作很是机敏。他肯定是把随身物品都塞进了包里，然后抄起大衣，从露台跑了出去。但他好歹留下了两件东西，足以证明他既非幻影，亦非超人。"

乌田凹陷眼眸的焦点变得模糊，他揉了揉尖瘦的下巴，如此回答。语气暗含愉悦。

"第一件物证是玳瑁框的平光镜，就放在浴室的架子上。带颜色的太阳镜也就罢了，无色的平光镜更像是'平时不戴眼镜的人使用的简易伪装'，不是吗？"

"确实。"

"第二件物证——漂浮于便池的登机牌碎片。大概他本想把用过的登机牌撕碎后冲进下水道，不料没冲干净的碎片浮了上来。"

"能看出飞机是从哪儿出发的吗？"

"能勉强辨认出'福'字。——见到您之后，我确信他来自福冈。"

两人再度对视。但这一回，古川感到他和这位性格略显乖僻的警部补之间似乎生出了某种微弱的共鸣。

"住宿登记簿上是怎么写的？"

"名叫大友明，地址是京都的。当然，那个地址并没有叫这个名字的人，但至少留下了笔迹。"

今年一月十日到十三日，一名四旬男子在芦之湖畔的日式旅馆"麓馆"住了三晚。此人跟旅馆服务员打听过翠景酒店的千金。十一日傍晚，有人在翠景酒店欣赏了永原翠的钢琴演奏，并在十二日夜里向她的朋友梅崎定男打听她的情况，此人很有可能就是麓馆的住客。他在麓馆登记簿上填写的姓名是"池上驹雄"。佐佐木警部以舒畅的语气告诉古川，"池上"与"大友"的笔迹出自同一人之手。

"关于那名自称池上的男子，我们也通过其他渠道获取了一些线索。据说永原翠在一月十一日登台演奏，是为了向当晚入住翠景酒店的音乐学院的恩师夫妇致意……随行的还有恩师的侄女，二十八岁的成濑文子。当晚九点左右，有个男人打电话去文子的房间，把她约去了酒店一楼的俱乐部。当时她误以为，对方前年秋天跟她参加了同一个去欧洲的旅游团。"

文子告诉前来了解情况的警官，说她跟那人聊了三四十分钟，直到分别时还认定对方是团友，但回房之后细细一琢磨，便觉得那人的态度不太自然，心里疹得慌。

"文子说，那人自称池上，说自己住在麓馆。"

"在俱乐部交谈时也提到永原翠了？"古川问道。

"嗯，他问文子跟永原翠熟不熟。文子说也不算很熟，对方就没再多问，后来问的都是些和文子本人有关的问题。"

"哦……"

"至于久米悠子那边，县警本部派了一名经验丰富的刑警，在第二天傍晚前往北镰仓，详细询问当晚的情况，"佐佐木点了一支烟，继续说道，"起初她跟蚌似的一言不发，刑警一再追问，她居然还哭了。刑警安抚了半天，总算问出她是在三月十八日晚上，也就是事发三天前，突然接到了一通来自陌生男子的电话，对方自称大友……"

陌生男子表示，他和悠子的亡夫久米伦也是在巴黎留学时认识的旧友。久米有些书和个人物品放在他那儿，他想还给遗孀。听声音像中年人，语气彬彬有礼，很是沉稳，感觉很是可靠，于是悠子便与他约定，二十一日晚六点去麻布的辛西娅酒店，在酒店的餐厅见上一面。

餐桌上的对话总有些牛头不对马嘴的感觉,但悠子毕竟不了解对方的性情,倒也没太在意。所以对方连甜点都没碰便起身离席,说是想把久米的遗物交给她时,她反而松了口气。

"没想到一进客房,那人就关了灯,还对悠子动手动脚。她哭着告诉刑警,自己在危急时刻推开那人,不顾一切地逃了出去。"

"她真的完全不认识那个人吗?"

"嗯,负责问话的刑警说,她不像是在撒谎的样子。而且房东太太也做证说,十八日晚上确实有人打电话找过悠子,就是她喊悠子去接的。她还说,悠子的性格有些天真幼稚,被来路不明的男人用'归还亡夫的遗物'这样的借口骗进房间倒也是有可能的……只不过……"

佐佐木掐灭烟头,用圆润的手指打开办公桌的抽屉。

只见他拿出一本薄薄的杂志,放在古川面前。正是《食品学会》四月号。

"根据久米悠子的叙述,三月五日下午,她在整理家中物品时,在玄关门框上发现了这本杂志。杂志是莫名其妙冒出来的,她全无印象。后来她就去见了那个自称大友的人,但由于他们不认识对方,大友便说他会在餐厅的桌子上放一本和自己的专业有关的书,当作记号。而他选的恰好是《食品学会》。悠子进屋后一问,他便承认那天把杂志悄悄放在别院的就是他。悠子说她不明白对方是什么意思,但负责问话的刑警还是把杂志带了回来……"

古川望向杂志的封面。封面照拍摄于某巨型工厂内部，看着很是干净。这一期的特辑好像是儿童食品公害问题，标题的字体印得格外粗。

他将手伸进西装口袋，拿出一张装在信封里的照片，放在杂志旁边。

"能否麻烦你们找相关人员核实一下，逃离麻布辛西娅酒店的男子是不是这个人？"

2

他们是在何时何地、用什么方法达成了这样的契约……？

在这起罪案中（虽然眼下还无法百分百确定这是"一起罪案"），这些疑问引起了乌田的高度关注。他也通过外国小说等渠道大致了解过"交换谋杀"这一犯罪方法。但达成契约的方法千差万别，取决于当事者的性格和条件。

不过无论如何，契约的达成都离不开相互之间的信任。这是不可或缺的先决条件。

一个人，真能如此信任别人吗？

而且在计划脱口而出到实现的过程中，无论两人之间的信赖纽带有多么牢固，他们的内心都一定会生出各种始料未及的反应和纠结……

这种对人性层面的兴趣，正以近来罕有的强度刺激着乌田的侦查热情。

但当务之急，还是锁定与"大湖浩平"联手的"神秘女子"。

乌田今日再次单独行动，孤身来到湖尻，沿老牌高档住宅区的宁静街道走向永原家。

箱根的樱花怕是要过一阵子才会开，但淡云蔽空的天气很是和煦，柔风轻拂肌肤。三色堇在路边民宅的院墙后争奇斗艳。箱根总算也迎来了阳春踏青的季节，但这片被树林环绕的地区仍保留着高雅的古韵。

自一月十日前后频繁现身于永原翠和久米悠子身边，最后逃离麻布辛西娅酒店的神秘男子就是四十二岁、家住福冈、在国立J大学担任卫生学副教授的大湖浩平，这一点几乎已成毋庸置疑的事实。和神秘男子至少接触过一次的人，包括麓馆的服务员、成濑文子、梅崎定男、久米悠子和尾随她前往辛西娅酒店的两名刑警都在看到大湖的照片后给出了"很像"的回答。当然，神秘男子每次似乎都通过戴太阳镜或玳瑁框平光镜乔装打扮了一番，但年纪、身材和长相都完全相符。

回到福冈的古川警部打来电话，告知了针对大湖不在场证明的调查结果，进一步巩固了这一事实。古川称，神秘男子出现在箱根或东京的那几天，大湖都没有明确的不在场证明。

好比三月八日，即永原翠被勒死的那一天。他告诉卫生系的助教们，自己要去大阪帮舅母办住院手续，三月八日和九日都没去上班。

要找这位舅母核实情况，最简便易行的方法当然是找大湖的妻子询问她的住址，但福冈县警并没有这么做，生怕打草惊蛇。若找大湖的妻子打听，她定会立即告知大湖。如果大湖在刑警赶赴大阪之前让舅母帮忙做伪证，那就麻烦了。

于是县警本部的刑警先去了趟大分县内陆,拜访了大湖务农的弟弟,用其他借口打听到了舅母的住址。好不容易找到那位家住大阪天王寺的舅母时,警方才发现,她的年纪并没有大湖跟助教们描述得那么大,也并非多病之身。

舅母很快就回忆起了"三月八日"这个日期。因为那一天,好几年没联系过的大湖给她打了电话。他说他刚巧来大阪出差,但没时间登门探望,连连致歉。

至于电话究竟是从哪里打来的,她也无从得知。

电话是过午时分打来的,因此警方推测,大湖很可能是一到东京就打了电话。

种种证据显示,大湖浩平受 X 之托勒死永原翠的可能性极高。

而 X 在永原翠遇害的三个月前,即十二月四日在福冈毒害吉见昭臣教授的嫌疑也随之浮出水面。

X——无疑是那名神秘女子。

警方的当务之急,就是查明神秘女子 X 的身份。因为大湖完美清除了自己与永原翠一案有关的所有证据。警方怀疑他在车库勒死了永原翠,然后开保时捷 914 将尸体运至山下的原野。但车上没有他的指纹,也没有其他遗留物品。而且案发当天,也没有证人在任何与案件有关的地方看到他。

这意味着无论大湖有多么可疑,警方都无法执行逮捕令。更何况,他并没有任何针对永原翠的直接动机。

福冈和小田原的搜查本部都有人提出,不妨先用在辛西娅酒店吃霸王餐、对久米悠子施暴之类的罪名逮捕大湖,借机查明他是不是杀害永原翠的凶手，并严加调查神秘女子的身份。但高层最终还是决定暂不实施逮捕。

原因在于，如果大湖顶住了审讯的压力，拒不透露 X 的身份，X 就有可能在此期间远走高飞，甚至自杀。警方若无法将 X 捉拿归案，吉见案便会沦为悬案，连大湖都极有可能因证据不足全身而退，而这是警方最不愿意看到的局面。

警方得出的最终结论是，先明确神秘女子 X 的身份，再一举捉拿她和大湖才更稳妥。

至于 X 的真面目——警方的头号怀疑对象自然是久米悠子。悠子说她与大湖浩平"素不相识"，但也没有任何证据支持她的说辞。

但警方很快便查到，在去年十二月三日与四日，即 X 现身福冈，接近并毒害吉见教授的那两天，久米悠子并非没有不在场证明。十二月三日星期五，悠子照常去镰仓的出版社上班，但在下午四点早退了，说是得了感冒，有点发烧。悠子本人称，她从出版社直接回了娘家（从她在北镰仓的住所步行去娘家需要十五分钟左右），并在那里静养到了星期天晚上。悠子的父母与兄长一家（共五人）均能为她做证。邻家的一位主妇也表示，她在星期六下午四点半到五点左右隔着树篱跟院子里的悠子打过招呼。

在福冈某酒店举办的婚宴始于十二月三日星期五的晚上六点，但目前还不清楚神秘女子究竟是在什么时候混入了会场。还有一个疑点：如果神秘女子 X 在四日下午两点二十分左右访问了福冈的吉见教授家，以最快的速度作案后乘机返回，倒也不是没有可能在下午五点左右赶回北镰仓。如果悠子的家人提前对好口径，为她伪造了不在场证明，如果邻家的主妇在院子里和她交谈的实际时间晚于主妇记忆的时间，那就无法完全排除"X=悠子"的可能性。

警方还向十二月三日晚上在酒店洗手间撞到 X 的坂口清子（东京某公司高管的夫人）出示了悠子的照片，并大致描述了她的身材。坂口夫人却表示，自己撞到的应该不是照片上的人，她有七成把握。

放眼全局，"悠子无罪"的观点得到了越来越多的支持。

乌田从一开始就认定悠子是无辜的，因为在"悠子与大湖暗中勾结，在默契的基础上犯下了这两起凶杀案"这一前提下，大湖的行为有太多令人费解的地方。此外，如果悠子与大湖之间存在合作关系，她就断然不会向警方泄露间接指向大湖的《食品学会》杂志一事。

暂且排除悠子的嫌疑，就意味着警方必须在永原翠周边重新寻找神秘女子 X。

X 需符合以下条件：①有谋杀永原翠的动机；②在吉见教授和永原翠遇害之前就与大湖浩平有过接触；③十二月四日下午（吉见教授遇害的时间）及前夜没有不在场证明；④三月八日晚六点半左右（永原翠遇害的时间）很可能有明确的不在场证明。

警方逐一排查了可能对永原翠抱有杀意的数名女性，即她的男友们（包括家住东京和箱根的商务人士、画家和职业高尔夫球手）的妻子、未婚妻和女友。梅崎定男的妻子也在此列。

其中有几名有明确的不在场证明，不可能与吉见教授一案有关。还有几名因为年龄、身材不符等因素被迅速排除。但也有数名有必要深入调查的"嫌疑人"浮出水面。

可惜近距离接触过 X（尽管时间很短），而且有望在某种程度上提供相关证词的证人就只有坂口清子这一位。对警方而言，可用的抓手着实很少。而且连坂口清子也没能详细记下 X 的外貌特征。X 当然会尽量避免被人看到，这也是在所难免的。

并没有什么合乎逻辑的依据促使乌田一生警部补将 X 和永原翠的妹妹永原茜联系在一起。警方也没有查到茜对姐姐抱有谋杀动机。

但之前找梅崎定男问话时，乌田得知翠和茜是同父异母的姐妹。忽然想起这件事后，茜的存在便开始在乌田的意识中投下复杂的阴影。

此时此刻，已成案发现场的永原家车库里只停着一辆黄色的保时捷。车在完成各项检验后被送了回来，但好像几乎没再开过。前灯收了起来，引擎盖上也蒙着灰。

乌田斜眼瞥着保时捷，正要走上石阶，头顶却有脚步声传来。扭头望去，只见永原茜走出玄关。

茜身材匀称，穿着与季节很是相称的米色麂皮夹克与西装裤，背着挎包，腋下貌似夹着写生簿。注意到乌田时，她轻呼一声"哎呀……"，随即停下脚步。清亮的大眼睛泛起漫不经心的笑意，脸上则露出窥探的表情。

乌田回以默契的微笑。

"好久不见——正要出门工作吗？"

听说永原茜毕业于东京的美术大学，目前任职于某艺术组织，平时主要画油画，有时也为少女杂志绘制插图。

"哦……倒也算不上工作,就是出事后在家里闷太久了……"

茜幽幽道,垂眼看向保时捷所在的车库。

"难得您有心情出门,实在抱歉……能否占用您一点时间呢?还是关于那起案子……"

"哦,行啊……没关系。"

茜语气随意,正要转身往回走。

乌田一边把手插进风衣口袋,一边快步走上石阶,追上她道:

"要不干脆在这儿聊吧……还记得您之前说过,三月四日下午,永原翠小姐走后山的小路去学生家上钢琴课时,您看到一个陌生人跟在她身后……"

言及此处,他从口袋里拿出一张照片,往茜的眼前一塞。这是为了不给她做思想准备的时间。

"是这个人吗?"

茜下巴微收,打量着照片上的大湖浩平。只见她略略蹙眉,紧抿嘴唇。乌田用深邃的眼眸犀利地注视着她的一举一动。哪怕是最细微的反应,也不容错过。

茜打量那张照片的时间相当之久。她看得饶有兴致,神色有几分感慨,仿佛照片上的人是一位多年未见、模样大变的老友——至少,她给乌田留下了这样的印象。

过了好一阵子,她才缓慢而坚定地摇了摇头。

"不,不是他……不过我当时把车停在了下面的车道上,也就远远瞧了几眼……后山的林子里又很暗……但我觉得那人不是这种类型的。"

出没于永原翠和久米悠子周围的神秘男子曾被多名证人目击到，在所有证人之中，茜是第一个，也是唯一在看到大湖的照片时摇头否定的人。

3

"我现在的母亲是姐姐的生母，但和我没有血缘关系。"

永原茜将乌田带到客厅，与他相对而坐，用那与生俱来的低沉而不失圆润的嗓音坦率地回答了他的问题。上次见过的保姆端来咖啡以后便退下了，室内再次为寂静笼罩，没有一丝声响。茜解释道，父亲去了酒店，母亲在案发后一直身体欠佳，今天也去了仙石原的医院。永原家是古色古香的坚固洋房，设计偏英式，似是刻意用小窗减少了采光。客厅贴着古典图案的壁纸，气氛很是阴沉。

永原翠遇害当晚，形似柴堆的煤气炉在壁炉中烧得火红。如今却换成了一盆浅紫色的兰花。

"我是两岁的时候被接回来的，说是因为生母去世了……我自己是完全不记得了。十八岁那年，我在给朋友献血时得知了自己的血型。现在的父母的血型我是早就知道了的……我越想越不对劲，就去问了父亲，他这才告诉我实情。"

也就是说，茜是父亲永原允的私生女。

"当时确实受了很大的打击……但知道真相以后，我和父母、姐姐的关系似乎并没有发生本质上的改变。他们都很理智，很善良。我很爱他们，他们好像也很爱我。"

茜语气平静，再次面露微笑。她的长相颇为洋气，凹凸分明。这番讲述似乎也体现出了她分外清醒的性格。莫非，这也是她演出来的？

"如此打探您的隐私，实在是不好意思。"

乌田姑且结束了这个话题。永原茜是继母带大的，又在敏感的青春期得知姐姐跟自己是同父异母的关系。说不定，她对翠怀有积怨……但他总不能直接向茜求证。

但带着"同父异母"这一前提去观察，便能发现姐妹俩长得确实很像，却也有明显的差异。两人都属于比较洋气的类型，但茜的身材总体上比姐姐大了一圈，五官的轮廓也更清晰，甚至略显粗糙。性格方面亦然，翠给乌田的第一印象是个神经质又傲慢的姑娘，尽管乌田只见过她的尸体。茜则冷淡清醒，却也有豁达磊落的一面。

"对了，顺便再问一下，去年十二月三日星期五和十二月四日星期六，您也在箱根吗？"

"十二月三日和四日……您突然问起这个，我一时半刻也想不起来，那两天出什么事了吗？"茜眨了眨眼，直视乌田道。

"是这样的，那两天九州的福冈发生了一起案件，可能和令姐的案子有某种联系。所以我们要询问每一个相关人员，了解他们当天的行动轨迹。"

说到这个地步并不会有什么问题。如果茜与两起案件无关，透露调查进展也无碍大局。如果她就是X，刑警一旦提到"十二月三日和四日"这个日期，她自会猜到调查的进展。

"我应该在家吧。十一月有个在东京的展览，但十二月没什么事……给我一点时间,说不定能想起些什么……"

茜歪着头回答道,伸手去拿咖啡杯。这似乎是她第一次回避乌田的目光。

"您想起来了就告诉我一声。——为谨慎起见,请允许我再梳理一遍案发当天的情况。那天晚上六点二十五分左右,永原翠小姐出门去翠景酒店演奏。当时令堂因为感冒在楼上的卧室休息,保姆也在晚上六点下了班。您独自待在起居室,看着令姐出了门,没错吧?"

"嗯,应该没错。"

"令姐出门以后,您仍在起居室独自看书?"

"哦……当时我受了很大的刺激,可能忘了告诉你们……姐姐出门后没多久,大概是六点半的时候,东京来过一通电话。我时常给杂志画插图,电话就是一位女性编辑打来的。我们聊了约莫二十分钟,说的都是工作上的事情。刚挂断编辑的电话,翠景酒店的电话就来了,问姐姐怎么还不来……然后酒店就来了人,闹得鸡飞狗跳。"

"东京的杂志社是提前跟您约好了会在当天晚上六点半打电话来?"

"也许是吧……我记不太清了。"

"哦。"

茜果然若无其事地准备好了姐姐遇害当天的不在场证明。乌田品尝到了颇为讽刺的满足。

案发当天,永原翠确实是六点二十二分左右出的门。这并非茜的一面之词,后来酒店前台经理也证实了这一点。

翠本该在当晚六点半出席本地政客的七十七岁寿宴,登台演奏几曲。父亲永原允知道女儿素来不太守时,便让前台经理往家里打电话提醒一下。当时恰好是六点二十分。翠亲自接了电话,说正要出门。

换言之,六点二十二分之前,永原翠肯定还活着。

这便意味着茜在六点半接到了东京某杂志社的电话,随后又在六点五十分接听了酒店的问询电话。她没有足够的时间在车库勒死姐姐,将尸体连车一并撂在山下的原野之后再返回家中。毕竟酒店派来找人的车是七点到达永原家的,而当时茜就在家门口。

当然,警方有必要找杂志社的女性编辑核实六点半从东京来电一事,但乌田料定确有其事。

也就是说,吉见教授遇害时,永原茜并无明确的不在场证明。但永原翠遇害时,她有牢不可摧的不在场证明。只要能证明她与大湖暗中勾结……

茜向警方提供过一条线索:三月四日下午,翠走上后山的小路时,有一名男子紧随其后。可若稍加臆测……她这么做也许是为了提前布局,以便在关键时刻一口咬定"那名男子并非大湖"。

乌田为打扰对方外出致歉,起身欲走。茜若有所思地仰视他片刻,问道:

"请问……刚才照片上的那个人看着挺面生的,他是杀害我姐姐的嫌疑人吗?"

"是的,现阶段确实是他最可疑。"

"他是什么人啊?"

"哦,我们也还没查明他的身份。"乌田谨慎作答。

"这样啊……"

茜将忽然失焦的眼眸转向明亮的窗口。

"也不知道他是个什么样的人,我还挺好奇的呢。——当然,如果他真是凶手,那确实可恨。"

第三个女人 ———————————— だいさんのおんな

岸边

但直觉告诉他,他永远都回不到那里了。

1

为什么会被跟踪?

在波比可的分析报告见报后的忙乱中,这个疑问始终萦绕在大湖浩平的心头。

怎么就被刑警盯上了?

不——在悠子逃出黑灯瞎火的客房后不久便急躁敲门的人,也不一定是刑警。

但在那一刹那,他生出了被人追捕的直觉。回过神来才发现,自己已经把桌上的书本和其他东西塞进了旅行袋,抄起柜子里的大衣,冲进了花园。

从中庭穿过餐厅前院,来到酒店门口,跳上一辆刚下客的出租车,赶往东京站。本想从羽田直飞福冈,却又怕刑警埋伏在机场，于是他改坐新干线去了大阪，在大阪站前的酒店住了一晚，第二天（二十二日）再飞回福冈。

如今回想起来，他本该在回福冈之前去天王寺探望舅母，并恳请她在警方询问其三月八日的行踪时回答他来过。奈何他当时已是身心俱疲，大受打击，潜意识里不愿多想案子的事情。

不过就算他开了口，性格古怪的舅母也不见得会一口答应，而不刨根问底……

虽说内心波澜起伏，但大湖浩平在大学内的处境正在稳步好转。

他的报告将去年春天以来的一系列儿童肝癌病例归咎于南平食品用于生产波比可的霉变原料，认定商家应负主要责任。报告激起的涟漪缓缓扩散，传遍全国。毋庸置疑，公众和媒体举双手支持他的观点。而大得出乎意料的反响，也在J大内部汇成了一股推举大湖为新任教授的浪潮。

大湖办公室里的电话比吉见教授去世前响得更频繁了。采访、演讲和稿件的邀约络绎不绝。大学放春假后，电话和访客便涌向了他家。

但他总是心不在焉。他也察觉到了自己的恍惚，行事格外小心，生怕被近来不时找机会接近自己的助教山田和妻子志保子瞧出端倪。这也让他的神经倍感疲惫。别人眼里的自己究竟是什么模样？有什么不对劲的地方吗？

太讽刺了。换成半年前，也就是去巴黎前的自己，定会被当前的处境激发出无限虚荣，觉得全身充满力量，与生俱来的悲观主义也会偃旗息鼓，终日欢天喜地。

可如今的他，时刻被紧迫感笼罩，无异于被宣判的死囚。留给他的时间怕是不多了。他和史子已经犯下了滔天大罪，每每回想起来，他都会因恐惧头晕目眩。而留给他们实现终极目的的时间，恐怕已经不多了。

若不能在巴比松之夜那般直切灵魂的安详中与史子重逢，这一切的一切又有什么意义？

在麻布的酒店监视他们的刑警究竟是冲着自己而来的，还是在跟踪悠子？

大湖总觉得被盯上的是自己。福冈县警的古川警部。那副时不时射出骇人光芒的黑框眼镜，还有镜片深处那双散发着神秘魅力的柔和眼眸，总在大湖眼前挥之不去。

兴许只要他出马，藏得再深的隐秘都会大白于天下。

大湖认为警方盯上悠子的可能性不高。她不是史子正是理由之一。

回到福冈后，他终于冷静地得出了这一结论。鲛岛史子的个子比悠子更高，做派应该也更新潮一些。最关键的是，史子此前曾多次向他发送信号，行事相当大胆。即便要提防监视的耳目，她也不会不给出任何回应，一走了之。而且她既然都来见大湖了，无论是穿和服、盘头发，还是穿乔其纱连衣裙、喷娇兰香水，风险其实都一样高！

然而，在见到美丽动人的悠子时，他当即认定只有她才配得上史子，认定她就是史子无疑。莫非这也不过是他自以为是的错觉吗？

他本以为，自己的直觉在巴比松之夜洞察了史子的方方面面，逐一认知其特质的时刻终于来临。他本以为，这段受上天祝福的爱终将修成正果。可是对所爱之人的认知，也就是对爱的认知，究竟是如何形成的，又该如何证明呢？

到头来，他也许没能在尚塔尔的黑暗中洞察到一丝一毫。他不过是产生了一种错觉，误以为他已经把史子尚未得见的容貌和没说出口的内心世界变成了自己的血肉，宛若他的分身。

那随之而来的无上安乐与恍惚，也只是虚幻无常的幻觉吗……不，不可能！

他毫不怀疑，自己在那个上天注定的时刻碰触到了"永恒"。除此之外，人世间还有什么可信的呢？

没错……唯有继续相信，自己才不会垮掉。

只要再见史子一面——！

必须抓紧时间。

如果小田原警方盯错了人，那就意味着他还有那么一点点时间。

必须利用警方反复试错、苦苦寻觅"神秘女人"的机会，尽快与史子取得联系，告知警方的调查进展。他得告诉史子，福冈县警已经查到了婚宴上的神秘女子与箱根或富士五湖之间的关联。

成功甩掉警方，与史子重逢后，他们将不得不再一次忍受短暂的别离。

在此期间，史子最好远走高飞，逃到日本警方难以触及的地方。

只要她成功出逃，安全有了保障，哪怕面对再艰苦的磨难，大湖都有信心熬过去。就算警方以吃霸王餐的罪名逮捕他，对他开展无比严苛的审讯，他也会对永原翠一案和史子的存在守口如瓶，绝不泄露一个字。

如此一来，警方迟早要释放大湖。

他们仍有活路。

沿这条活路走下去，就有无限的未来等待着他们！

在大湖的心头，悠子的倩影逐渐淡去，茜的模样取而代之。

平心直视他的感官勾勒出的史子形象，最为接近的女人莫过于茜。他只见过茜一次。三月四日下午，他正要接近走在自家后山小路上的翠时，茜现身于下方的车道。路上仍有余晖，茜把胳膊搁在保时捷的窗框上，因此略有些远视的大湖能相当清楚地看到她的上半身。她看着很活泼，与小麦色的肌肤很是相称。

在大湖的记忆中，史子总是以伤心弱女子的形象出现。但细想起来，那率直而勇敢的行动力确实与茜给人留下的印象有共通之处。无论心中暗藏多大的伤痛，史子的坚强都足以让她扮演好旁人眼中的新潮女性，理智而大方。

还有声音……

从福冈打电话给身在箱根的翠时，最先接听电话的正是茜，嗓音低沉而温润。巴比松之夜的史子说自己感冒了嗓子疼，音色也略低哑……

问题是，茜怎会对翠生出杀意？

假设茜也曾深爱过久米伦也，就不需要多余的解释了。

当然，他还无法就此认定"茜＝史子"。若能再早些察觉到这种可能性，兴许还能拐弯抹角地找茜身边的人打听她去年秋天有没有去过巴黎。事到如今再问，风险实在太高。

不能再犯错了。下次采取行动时，必须一锤定音。

大湖避开愚人节，在四月二日拨通了永原家的电话号码。所幸正值春假，妻子带孩子们回了大分县的娘家。

回铃音响了四次。

"喂？"年轻的女声传来，肯定是茜。为保险起见，大湖问道："请问是永原茜小姐吗？"

"是的。"

大湖深吸一口气，逐字逐句讲述起来，吐字缓慢而清晰。腹稿早已打好。他并未自报家门。

"我在巴比松村的尚塔尔公馆与鲛岛史子小姐有过一面之缘。如果您听不懂，那就是我搞错了号码，您直接挂断便好。但如果您就是那晚的史子，还请听我说完，并给出简单的答复。"

他停顿片刻，默默等待。

一秒……两秒……茜并没有放下听筒。她似乎正屏息等待着他的下一句话，甚至有异常紧张的气氛从电话那头传来。

于是他继续说道：

"留给我们的时间不多了。这边的警察已经查到婚宴上的神秘女子和富士五湖或箱根有关了。他们迟早会发现两起案件之间的关联。你最好尽快躲起来，躲去他们追不到的地方。"

"……"

"但是在那之前，我想再见你一面，一面就好！——时间、地点和场景都依你。我只想提醒你，事态已刻不容缓，千万别被人跟踪了。——你愿意见我吗？"

沉默片刻后,茜也压低音量,缓慢作答:

"翠景酒店以北三百来米的湖边,有一间红顶小屋。从酒店私道拐下去会比较快。小屋在树林里,但周围没有别的房屋,不会搞错的。"

"红顶小屋?"

"对。本来是当船屋用的,最近成了我的专属画室,很少有外人去。"

"好。时间呢?"

"明晚十点怎么样?"

"不见不散。你也要多加小心,别被人跟踪了。"

听到这话,茜用透着温柔笑意的语气补充道:

"我也给你提个醒吧——刑警们正拿着你的照片四处打探呢。"

2

"永原茜……"

古川警部在心中反刍着这个名字,将小田原警署的佐佐木刑事课长发来的四张照片投映到眼前的空间。

照片像是在茜外出时用长焦镜头偷拍的,没有一张她面向正前方的。背景都是模糊的树影,有的拍到了侧脸,也有面朝斜前方低头的角度。将四张照片综合起来,方能大致把握她的容貌。

身高一米六四,今年二十五岁。

资料中还提到她是 AB 型血,并附上了她右手拇指和食指的指纹。

基于上述资料的深入调查却只收获了模棱两可的结果，令刑警们颇感烦躁。

在去年十二月三日（吉见教授遇害前夜）的婚宴上，有几位宾客目击到了与吉见有过接触的神秘女子X，对她有一定的印象。警方便将茜的照片拿给他们辨认，结果所有人都回答："有点像，但不敢确定。"

其中最为关键的当数在洗手间门口与X迎面相撞的坂口清子夫人。从某种角度看，她也算是唯一有力的证人了。坂口夫人也表示，茜是X的可能性有六成。但前往东京拜访她的片区警署巡查部长汇报称，她似乎并无把握。

"本以为坂口夫人会惊愕地盯着照片，明确回答'就是她'。她却打量着那张侧脸的特写，渐渐歪起了头……她说她帮忙捡起散落的东西时，近距离看到了X的侧脸。那张脸和照片上的好像不太一样，但又说不出具体是哪儿不一样……"

"看着像两个人，但人家当时戴着太阳镜……"直到最后，坂口夫人都没下定论。

指纹和血型的鉴定结果也令人失望。警方彻查过吉见家的客厅，尽可能采集了家具等物品上的所有指纹，再将无关人等的指纹逐一排除。然而，剩下的指纹中并没有与茜吻合的。

掉落在客厅地毯上的毛发和纤维也被仔细收集起来，却也没有发现AB型血的毛发。

不过凶手连自己用过的咖啡杯都带走了，行事非常谨慎，没留下一个指纹也在情理之中。进出房屋的人也不一定会掉落毛发。如果 X 在客厅逗留的时间很短，那就更不用说了。

事已至此，也许能让警方更快明确"茜是不是神秘女子 X"的方法，是将目光投向两起凶案发生前，调查大湖和茜在何时何地有过接触……

古川走在阶梯状住宅区的小路上，含着雨气的暖风自海上吹来。坡道两边，小巧精致的新房鳞次栉比。但随处可见的空地仍显扫兴，以至于古川每次来到这里，都觉得自己格格不入。他已在不经意间记住，先走到去年年底刚开的一家小美发厅，再往前走到第二个路口，拐进去便是大湖家。

两人是在何时何地形成了牢不可摧的默契的？小田原警署的乌田警部补也曾吐露过，这是本案最耐人寻味的元素。

当时古川还不以为然，只当那是性情古怪的年轻刑警说的玩笑话。如今古川却已是深有同感。

因为他深入调查了大湖浩平的过往，却无论如何都找不到他与箱根的联系。

大湖的老家在大分县，他毕业于大分的大学，在母校当过助教和副教授，然后调入福冈 J 大担任副教授，这辈子就没出过九州。妻子志保子说，他们也就在度蜜月的时候开车去箱根兜过一次风而已。

而永原茜与福冈似乎也没有特殊的关系。

那就意味着，如果本案真是大湖和茜策划的交换谋杀，两人的联系十有八九建立在日常生活之外。

古川警部抽出插在外套口袋里的手，用另一只手按下"大湖"门牌上方的门铃。

柔和的女声应了门。古川报上姓名后,门后传来开锁的声响。三月二十九日到四月二日,大湖的妻子带着两个女儿回了大分县的娘家,昨天深夜归来,所以今天应该在家。

而大湖在今天下午两点多开自己的车出了门。据说他走时两手空空,身着雅致的深蓝色风衣。他去了哪里?——刑警仍在跟踪,古川尚未接到汇报。得知大湖出门后,古川就立即从自家赶了过来。"您好。"——大湖志保子抬起雀斑略多的圆脸,微笑相迎。她一笑,眼角和鼻翼便会挤出凹陷般的皱纹。吉见教授遇害后,古川已经来过四五回了,但志保子从没露出过狐疑的神情,这似乎能从侧面体现出她的慢性子。今天的她却显得很不自在,像是有什么心事,微笑也比平时消逝得更快。

"不好意思啊,又打扰您休息了。请问大湖老师在家吗?"

"不在啊,他出门了。"

"哎哟,是吗?我本以为星期天他好歹会在家歇一歇呢……"

"刚走没多久……"

架子上的香豌豆、茶花散发出阵阵香气,甚至飘到了门口。两个女儿的声音自里间传来。

"恕我冒昧,请问老师去了哪里呢?"

"他突然有事去大阪了。刚才来了一通电话,说三月住进医院的舅母不太好……"

天知道大湖是如何跟志保子描述那通子虚乌有的"电话"的,但志保子说话时压低了音量,表情中不见一丝疑心。她的不自在许是来源于"自己搞不好也会被叫去"的紧张。

古川也不由得紧张起来。盯着大湖家的一名刑警通知他说"大湖空着手开车出门了"，他还没当回事，以为大湖不会离开本市。

"那他今晚要留宿大阪吗？"

"有可能，但他走得很急，说先过去看看情况……"

志保子表示，就算大湖要留宿大阪，她也不知道他会住哪家酒店。

"哦，那真是辛苦他了。——这可怎么办呢？"古川叹了口气。

"……嗯？"

"是这样的，关于那个最有可能毒害吉见教授的神秘女子，我们总算查到了一些眉目，终于看到了破案的曙光。"

说着说着，古川换上欢快的语气。志保子似乎也松了口气，点了点头。

"那人是什么来头啊？"她皱起眉头问道，一副瘆得慌的样子。

"我这次来，就是想请大湖老师辨认一下。据说她以前经常去吉见教授的办公室。我们想尽快夯实证据，将疑犯逮捕归案——但老师忙成这样，只能再等几天了。"

古川嘴上说死了心，却从口袋里掏出了烟。志保子像是在犹豫该不该请古川进屋。

"就算大阪那边没出事，老师最近也挺忙的吧？"古川拿着没点着的烟，善意调侃道，"波比可的分析结果见报以后，老师的声望那叫一个直线上升啊。不瞒您说，我也为他暗暗拍手叫好呢。"

"您过奖了。"

"不过话说回来，老师的观点是什么时候产生的呢？我看报上说，分析工作一开始就是交给他的，那会儿吉见教授还没出事呢。

按老师的脾气，即使吉见教授还在，他也会贯彻自己的信念吧？"

"这……"志保子的手指搭着脸颊，显得很是困惑。

"哦，我觉得自己还是挺理解大湖老师的。他虽然长得文质彬彬，但内心深处有着学者的良知和勇气。就算系里是吉见教授说了算，他也一定会痛下决心公布真相。吉见教授的死对他来说完全是个巧合，并不足以影响他的基本立场，不是吗？"

"呃……也许是吧……"

古川快说完时，志保子仿佛松了口气，表示同意。

他用打火机点着了烟。

"哎，您应该能看出来老师是从什么时候生出了坚定的信念吧？"

志保子又歪了歪头，但在她听来，古川的话应该还是挺顺耳的。

片刻后，她用充满朴素感慨的语气缓缓作答：

"说起这个……我感觉他去年秋天去巴黎开会回来以后，整个人就不太一样了。但我也不确定这跟南平食品的问题有没有关系。"

"怎么个不一样法？"

"嗯……从巴黎回来以后，怎么说呢……他突然变得朝气蓬勃，总是很兴奋。但跟我说话的时候吧，他又会心不在焉，好像在惦记别的女人似的……"

志保子突然红了脸，垂下了头，活像个意识到自己口无遮拦的小姑娘。

3

大湖感到起风了。杂树林逼近湖岸的边缘，笼住他的头顶。

沙沙声越来越响，无休无止……

空中的云朵也在迅速流动。被雨云挡住星月的夜空，反而泛着朦胧的白光。

湖面沉入暗黑的夜气。但水波拍打岸边的响动不住从脚下传来。

大湖曾一脚踏入深处，左鞋进了水。微弱的寒气从脚尖爬了上来，传遍全身。但由于低气压的逼近，今晚温热得如梅雨季一般。觉得冷，是异乎寻常的紧张所致。

去船屋的路很好找，正如茜的描述。从湖畔的高速公路拐进通往翠景酒店那条被喜马拉雅雪松环绕的私道，走到半路拐进森林，沿陡峭的土路滑下去，很快就到了湖边。

再往北走三百来米……这一段就无路可走了。大湖别无选择，只能在直觉的指引下，在树林与水边交界处的黑暗中摸索前行。

也许以前是有路的，但酒店船屋变成茜的专属画室之后，旁人就不来了，于是被人踩出来的路又没入了自然生长的草木之中。

她将重逢地点定在了那间"画室"。这份智慧令大湖颇感满足。只能这么找过来，就意味着散步的人都不会接近已被挪作他用的老船库。而且连今晚的天气都站在他们这边……

大湖起初对茜指定了"星期天晚上"忐忑不安，但他很快意识到，她是在第一时间做出了最周到的安排。因为这是春假的最后一个星期天，酒店定会客满。在这样一个夜晚，谁都不会关注茜的去向。

大湖也做了万全的准备。从福冈到箱根花了约莫五个小时，一如往常。他很有信心，就算真有人跟踪，他也在半路巧妙甩掉了。他在妻子面前搬出那位舅母，说要临时去一趟大阪。到达福冈机场之后，他也确实先买了一张去大阪的机票。因为有一辆由中年男子驾驶的小车沿三号线旁路跟了过来。到机场后，此人身边又多了个年龄相仿的伴，两人像是在暗中监视大湖。当然，也许是他多心了。

前往大阪的航班即将起飞时，大湖上到登机口所在的二楼。刑警们（？）认定他是真要去大阪，于是放松戒备，去了小卖部。他则趁机走员工专用通道，跑向狭长机场大楼的另一端。前往东京的航班都集中在那个区域。他找到即将关闭的登机柜台，出示了前一天购买的机票，卡点溜上了飞往东京的大客机。

他在东京机场和车站故技重施，而且没在小田原下车，而是直接坐到热海。出租车停在桃源台时，他敢确信这次肯定没人跟来。

当时已是晚上八点四十分了。

他在另一家酒店的餐厅消磨了一个多小时。

沿翠景酒店的私道下坡时，他拿出了十二分的警惕，强压着跑下去的冲动，装出散步者一般的随意步态。好几辆车从他身边经过……

大湖感到全身都在微微发颤。但这一次的颤抖绝非源自恐惧、寒冷或其他不愉快的感觉。原因恰恰相反，前方的树林深处，现出建筑的模糊轮廓。四四方方，像是一座小屋。而且他分明看见，窗口的位置透着微光。

茜将画室形容为"红顶小屋"，只是现在辨别不出屋顶的颜色。但大湖又回忆了一下茜的描述，试图稳住心神。

她说，"周围没有别的房屋，不会搞错的"。

窗口的橙黄灯光，就是最好的标志。

……史子就在那里等我！

大湖抛下所有的克制，发足狂奔，险些被倒下的树绊倒，鞋子也踩了好几次水。

小屋底板架高，下方的空间似是船库，但用木门拦着。

他走上台阶，站上门口的露台。

为防万一，他再次环顾四周。小屋后方的树林已成黑压压的一团，摇曳不止。乌云流转。眼睛总算习惯了湖边的黑暗，能看清湖水翻腾着逼近台阶底部了。

除了风声与水声，再无其余声响。对大湖而言，这就是百分百的寂静。一如尚塔尔公馆的风暴之夜。

近乎发作的战栗再一次席卷全身。狂潮过后，身体仍不住微微发颤。无论是恐惧还是惊愕，是喜悦还是悲痛，只要情绪达到极致，人就会呈现出同样简单的生理反应吗？

大湖用颤抖的拳头敲响房门。

一下……然后连敲两下……

"请进。"门后传出回应。声音低沉而平静，却好似近在耳边，仿佛是从他周围的嘈杂声中涌出来的。

他推开门。

深处落地灯的橙光，为小屋内部蒙上朦胧的光亮。

大湖朝里迈了一步，关上门，插上圆木门闩。

室内摆着各式各样的家具。山间小屋风格的圆桌和椅子，小桌上的石膏像，形似画架的高架子……他的视线描摹着每件物品的轮廓，搜寻茜的身姿。

窗口对面似乎有壁炉或装饰架，前方摆着沙发或扶手椅一类的东西。一时间，大湖还以为沙发边也装饰着某种雕像。因为映入眼帘的剪影有着无比清晰的轮廓线，纹丝不动。

然而……那正是侧身朝向他的茜，是她的上半身。任她如何努力稳住不动，丰满胸口的微弱起伏都逃不过大湖凝视的双眸。长发披肩。裙子用的定是轻薄柔软的布料。不是真丝，就是乔其纱……

"史子……"

大湖用嘶哑的声音喃喃道。接着，他又唤了一声"史子"，同时向她跑去。

就在这时，她伸手拉下落地灯的链条。

灯光熄灭后，唯有幽白雨云的反光从窗外隐约透进来。

大湖毫不犹豫地上前。

茜似乎又坐回了沙发上。她几乎背对着他，但他能感觉到，她的背影并不排斥自己的到来。

大湖忘我地搂住她的肩膀。掌心捕捉到轻薄布料下的肉体反馈的弹性。把脸贴近她的后颈时，娇兰的香味传来。直到此刻，他才意识到，她也在微微发颤。

感动好似掐住脏腑的剧痛，排山倒海而来。

"史子……终于见到你了！"

她如喘息一般吸了口气，第一次在他近前开口说话。

"是啊，大湖老师。我们终于又见面了……"

她清清楚楚地报出了他的名字。但那低沉而圆润的嗓音中，似是喜忧参半。

"你的语气为何如此悲伤？我们跋山涉水，总算是在这里重逢了啊。——那晚你确实说过，我们最好别看到彼此的长相，永不相见。然后你就把我独自留在了漆黑的酒廊中。但那难道不是因为你当时还无法相信我们可以真正成为对方的分身，可以实现彼此的意志吗？你难道不是想给我留下选择的自由，让我可以忘记自己听到的一切吗？但我们早已用行动证明，我们就是对方的命中注定，不是吗？"

"漆黑的酒廊……"

她又一次慢了半拍，如此嘀咕道。许是情绪过于激动，陷入了恍惚。这反而令大湖更生怜爱。

"还真是……我们起初也是被这样的黑暗所笼罩。"

"不，尚塔尔公馆的酒廊比这里还暗。当时好像整座村子都因为反季的风暴和雷击停电了，但如今的我是发自内心地感激那夜的巧合。若非置身于伸手不见五指的黑暗，人绝不会轻易透露深埋心底的愿望。而且也只有在千万年前的祖先生活过的黑暗中，我们才能恢复在从没见过面的人身上感知到命运指引的力量……"

大湖几乎是下意识地抚摸她的全身，任话语脱口而出。而她此刻也已转向了他，任由他爱抚。时而不规则中断的气息，足以体现出她不断升级的兴奋。

"我也一直在期盼。盼着有朝一日能遇到值得信赖的人，向他展现不加修饰的自己。而你向我吐露了心底深处的秘密……"

"不，其实是你起的头。是你先坦率道出了那个'简单的欲望'。是你的坦率打动了我。但你也太难为我了。因为你事后告诉我的，就只有'翠景酒店'和'永原翠'的名字而已……"

　　"如果我们能再次走到一起，而不必提起今晚共享的这段经历，那真是天底下最美妙的事情了。"史子留下的话语，回响在大湖脑海的一角。但此时此刻，他们正在向对方诉说这些日子渡过的难关，而这比任何言语都更能填补漫长的空白。史子肯定也有同感。那晚过后，他们就成了对方的真正分身。他们总能在同一时间想到一处，而且心有灵犀！

　　也许此刻说再多毫无意义的话，在他们听来都无异于动人的乐音。

　　"你一开始就知道吉见教授，也知道我的名字和身份。可你知道我费了多大的力气才找到你吗……"大湖拉下裙子的拉链，苦笑着低语道，"不过你发来了大胆的音信。吉见那次，我是完全按照你的剧本行动的。后来，我发现了混在新年贺卡中的酒店明信片，意识到该换我采取行动了。啊，对了……"

　　他脱下她上半身的衣物，把脸埋入丰盈的"沟壑"。那里也有娇兰的香味。她用指尖温柔地抚摸他后脑的发际线，好似母亲轻抚幼子，一如那个夜晚。

　　"你最好去避避风头。尽快逃到日本警方追不到的地方去……"

　　"我知道，但你也要小心。我在电话里也说了，有人拿着你的照片……"

　　"别担心。只要你躲去安全的地方，再严苛的考验我都经受得住。熬过去就好了。再次像这样在地球的某处重逢时，等待着我们的就是无限的永恒……"

大湖轻拧她的肩膀，让她背过身去，然后搂住细腰往回拉。她便以背对着他的姿势轻盈地坐上了他的膝头。他把下巴搁在她的肩头，索求她的唇瓣。

唇瓣相合时，他们已急切地融为一体……

4

风敲打小屋窗玻璃的响声重归大湖耳畔。

尚塔尔公馆窗外的遥远风声带着惆怅在脑海中响起。

两人的呼吸已趋平静，他的指尖却仍在抚弄她的乳尖。

茜的乳尖偏小，不这么逗弄，就会陷入棉花糖一般蓬松柔软的乳房。这倒是一种新鲜的魅力，从侧面体现出她的身体好似待放的花蕾……

大湖轻捏她被头发遮住的耳垂。两侧的贝壳形软肉上都没有耳洞。那晚过后，他把这件事忘得一干二净。直到今晚将茜抱在膝头，触觉的记忆才突然复苏。遥想巴比松之夜，当他用嘴唇和舌头碰触史子的耳垂时，那小孔分明生出了微妙的触感……

大湖总算停了下来。茜默默整理衣衫，坐回沙发的原处。

许是雨云的势头愈发猛了，窗外涌入的白色反光似乎变亮了几分，在大湖眼前勾勒出茜那棱角分明的侧脸。

多么神秘而高贵的剪影。

但他的身心都已认清，这个女人并不是史子。

不可思议的是，他既不愤怒，亦无戒备。

笼罩他的，唯有深深的绝望与哀伤，恰似久病之人那深不可测的疲惫。他唯恐自己再也无法走出这绝望了，却还是抱着一线希望，挤出几句话来。

"永原茜小姐，请你实话告诉我。至少告诉我你所知道的一切。为什么你今晚要假冒鲛岛史子来见我？真正的史子在哪里？"

他能感觉到茜动了一下。她短促地吸了一口气，但随即用她特有的率直而知性的语气回答道：

"因为我想知道真相，想知道你和鲛岛史子之间的契约究竟是怎么回事。"

"可……你是怎么知道这件事的？"

"回顾一下事件的经过和她的行为，就能猜出几分了。"

"可你连我姓什么都知道。昨天打电话的时候，我故意没有报上姓名。难道是史子跟你提过？"

"怎么可能。她要是告诉过我，我就不会冒这种险了。你的名字是我从乌田警官那边拐弯抹角打听出来的。"

"即便是这样……你跟鲛岛史子的关系肯定也很亲密——快告诉我，她现在身在何处，用的是什么名字？你成功骗了我一时，让我吐露了秘密，那我应该也有权让你回答这个问题！"

茜沉默片刻，最终微微点了几下头。

低沉的声音以阴郁的口气讲述起来。但她没有立即回答大湖的问题。

"约莫两年半前，久米伦也先生意外身亡时，警方审讯过她。因为她和久米先生是情人关系，警方怀疑她因情感纠纷下了杀手。方法和时间都说得通。据推测，久米先生是十月二十八日晚六点左右在四谷的家中因煤气中毒身亡的。悠子夫人早上出门上班后,久米先生便独自在书房工作。他接了一份紧急的翻译稿件,前一天已经忙了一个通宵。假设她在下午四五点的时候熟门熟路地来到久米家,发现人在书房里打瞌睡,于是临时起意,熄灭煤气炉,将阀门拧到八分开,转身就走……悠子夫人七点回家时,久米先生已经中毒身亡了,体内当然也检测不出安眠药。——当然,她没有那天下午的不在场证明。"

"……"

"而且按她的性情,犯下这样的罪行倒也是有可能的。虽然她全心全意爱着久米先生……不,应该说正因为她爱久米先生,才无法忍受爱人不愿背弃悠子的奉献,继续过着不情愿的夹板生活。她是那样傲慢,生来冷酷如冰。只要自己奉上满腔的爱,就非要独占对方的身心不可。要是无法如愿,亲手杀死所爱之人也在所不惜……"

"因为她就不该活着。她心冷如冰,傲慢自负……正是这份傲慢,让她在两年前杀害了一个人……"

史子本人的声音回荡在大湖的耳底。

"你……你不会是……"

茜仿佛没听到他嗓音发尖的咕哝,继续说道:

"话虽如此,当时我也跟警方一样,判断不出久米先生是不是她杀的。但随着时间的推移……在之后的两年多里,我自然而然地看清了真相。她虽然躲过了警方的追捕,却从内部日渐崩溃……"

低沉嗓音的深处,第一次飘散出难以名状的哀伤。

"她确实有傲慢冷酷的一面，却也有最细腻的性情和犀利洞察真相的清明慧眼。肯定是她亲手葬送了久米先生。而且从那时起，她每分每秒都在谴责自己。她对自己判了死刑，却迟迟未能实现。我们的血缘虽然淡薄，但毕竟是从两岁起就生活在同一屋檐下的关系。哪怕她一句话都不说，我也能感受到那凄惨的苦恼与矛盾。"

茜停顿片刻，无声抽泣起来。

"你不会是……"

大湖再度脱口而出，声音却已化作毫无意义的惨叫。

"你不会是想告诉我，鲛岛史子就是永原翠吧？对永原翠恨之入骨，还唆使我杀了她的史子，就是永原翠本人吗！"

"你在电话里提到的'鲛岛史子'进一步巩固了我的阴暗想象。因为姐姐以前会写些无望发表的诗作，而她用的笔名正是'鲛岛史子'。"

"那……她去年十月独自去过欧洲？"

"去过。而且我能看出来，姐姐在旅行期间经历过什么事。最显而易见的变化，就是她不用娇兰香水了。要知道她这些年可是从没换过香水的。还有……我第一次生出疑心，就是因为在报上看到了吉见教授中毒身亡的案子。不知为何，我总觉得那是一条不能看过就算了的新闻……你把吉见教授的名字告诉姐姐的时候，有没有提到他在包庇导致儿童患癌的商家？"

"当然，她表现出了与我一样的痛恨。我也坚信，正是这份共鸣让我们走到了一起……"

"果然是这样……"茜再度悄悄抹泪，"姐姐给一个小女孩上过钢琴课，平时也很疼她。谁知去年夏天，就是姐姐去欧洲旅行的三个多月前，那孩子突然得了癌症，在痛苦的煎熬中离开了这个世界。姐姐难过得心都碎了，旁人看着都难受。"

"啊……"

呻吟自大湖的腹腔深处喷涌而出。他不禁用双手捂住耳朵，俯下身来。

可就算捂住耳朵，他仍能听到史子的声音。

"小小年纪就得了癌症，听着都让人心碎……我认识一个可爱的小女孩，以前常给她上法语课。大概五年前吧，她得癌症死了。她痛得大哭大喊的声音，仿佛还萦绕在我耳畔……"

言及此处，她还冲动地呜咽起来。

她的柔情似水，她的温文尔雅，还有那纯洁的肌肤与高贵的气息……天哪，我竟亲手勒死了她？

大湖在自己膝间不住呻吟。意识似已四分五裂。

第一次在翠景酒店看到永原翠时，有莫名的恐惧和宿命感向他袭来。在冰冷的车库中行凶后，大湖也意识到翠几乎没有反抗。他们之间究竟有着怎样的缘分？他们怎会在对彼此全无理解的情况下，变成了行凶者与被害者——在对彼此全无理解的情况下！

然而，细想起来，所有的答案不是都能在初遇的夜晚找到吗？

那晚的史子如此说道："她在两年前杀害了一个人。从那天起，我不停地告诫自己，必须杀了她……也许我是中了她的诅咒。我的心无处可逃，除非她死。"

大湖问她是不是"很爱那个被害死的人"时,她默默点头。

他当时怎么就没意识到呢!源自如此深仇大恨的报复,又岂能假手他人?要先让对方知道自己有意复仇,再令其吃尽苦头,这才算真真正正的复仇,不是吗?

史子还说:"这两年来,我满脑子都是这个念头,却迟迟没有付诸实践。不知是没有勇气,还是没有机会……但这两个因素都不是决定性的,所以我一定会在不久的未来动手。""但'不饶恕'需要很大的勇气,不是吗?"

临别时,史子提到了"上天赐予我的纯粹和勇气"。大湖曾无数次揣摩"勇气"二字的含义。但答案打从一开始就摆在了他的面前。史子所谓的勇气,正是处决自己的决断!

史子选中了萍水相逢的大湖,让他扮演刽子手的角色。所以她除掉了大湖痛恨的吉见昭臣,作为回报。她将完美的剧本送到大湖手上,确保他有不在场证明,在此基础上杀害了吉见。她还在巴比松之夜点明了"自己"有充分不在场证明的日期和时间段。然而,那其实是久米悠子出门上班的时间。如此一来,就算她死于非命,悠子也不会被怀疑……莫非她是想用这种方式补偿悠子吗?

也许史子还用最后的善意为大湖留下了一线希望。"如果我们能再次走到一起,而不必提起今晚共享的这段经历……"如此一来,就算大湖事后四处寻找史子,得到的却都是消极的回应,他也能自我安慰,"也许史子就在她们之中?"

(可我现在都知道了……)

大湖不自觉地站了起来,走向门口。

"等等，别走！"

直到胳膊被茜抓住，他才意识到自己迈开了步子。

"求你了，先别走——我们就不能从头来过吗？"

"……从头？"

"把今晚的这段时光，作为我们共享的经历……"

"……？"

"大湖老师，我也一直在追寻。追寻永不熄灭的爱……追寻能从灵魂深处沉醉的结合……我冒险来见你这个杀人犯，就是想搞清楚姐姐究竟经历了什么。——可爱究竟是什么呢？是基于多少理解的情绪呢？……当然，在几乎不了解对方的情况下坠入爱河也不稀奇。在伸手不见五指的黑暗中，在不知道对方长什么样的前提下相爱，可能也算不上什么天大的奇迹。但大家是不是都认定，哪怕是在那样的情况下，我们的直觉也能在刹那间洞察并理解对方没有展现出来的内心世界，进而生出爱意呢？"

"……"

"但那也许都是错觉。因为你全心全意爱着身为永原翠的史子，却又残忍地杀害了身为史子的永原翠。那个夜晚的你恐怕是无缘无故爱上了史子，而那时的你肯定也是莫名其妙恨上了永原翠。毕竟人不可能在没有恨意的状态下勒死一个毫不抵抗的人，哪怕一切发生在转瞬之间。"

那一刻的恐惧，还有铭刻于身心深处，好似狂风骤雨的记忆，在大湖心头再度激起阵阵剧痛。

"难道人的爱恨情仇，都不过是虚无缥缈的幻影吗？……我越想越不明白了。不，正因为我想不明白，才生出了一线希望，觉得自己说不定可以从头来过。"

"从头……来过？"

"其实仔细想想，人的存在本就是虚幻无常的。也许相信是唯一能让我们触及永恒的方法。我好像渐渐有了相信的底气——大湖老师，我们就不能把今晚的经历化作共同的纽带，继续在对方身上寻求纯粹的爱吗？"

恍惚中的大湖心想，他也有过"唯有继续相信，自己才不会垮掉"的念头……

他仍在轻抚茜的头发，似是无知无觉。你肯定会有相信的底气……

然后，他轻轻推开她的肩膀，再次走向门口。

打开门闩，推开厚重的木门。饱含雾雨的强风灌了进来。天空泛白，雨云奔流。

雷声隐隐。

树木鸣动。

大湖感到……湖在摇荡。

尾声

四月四日（星期一）上午，福冈县警的古川政雄警部致电小田原警署的乌田一生警部补。电话内容如下——

①大湖浩平于去年十月十三日前往巴黎参加学术会议，为期五天。他极有可能是在那段时间接触到了神秘女子X，缔结了交换谋杀的密约。

②东京的坂口清子来电，提供了关于 X 的新线索。数日前曾有刑警向她出示照片，请她辨认当天在酒店洗手间撞到的是不是永原茜，但没有得到明确的答复。不过她后来回忆起一件事：捡拾散落在地毯上的包中物品时，她近距离看到了 X 的侧脸，发现 X 戴着细细的金耳环，这意味着 X 打了耳洞。

那天看到茜的侧面特写照片时，她就觉得哪里不对，只是说不出个所以然来。但她现在敢断定，永原茜没打过耳洞，所以不可能是 X。X 的两侧耳垂应该都打过耳洞。

根据古川提供的线索，乌田再次对永原翠周边的人物开展排查，收获了出乎意料的结果。

在永原翠的生活圈里，出国时间与大湖有交集的人就只有她本人。调查结果显示，她在十月十日孤身前往西欧，旅行了十二天。巴黎便是其中的一站。

而且，永原翠打了耳洞。

乌田从永原翠的居室提取了她的指纹，与她的照片一并加急送至福冈县警，并告知对方她是 O 型血。

在吉见教授家的客厅采集到的指纹仍有部分未能明确归属。通过比对，古川警部发现了与永原翠吻合的指纹。

而在吉见倒地处周围采集到的毛发中，也发现了 O 型血的头发。

警方向坂口清子和另外几位证人出示了永原翠的照片。所有人都指认，现身婚宴的神秘女子 X 应该就是她。

于是福冈与小田原的调查本部得出结论：大湖浩平和永原翠

合谋犯下了吉见昭臣与永原翠的命案。

去年十月,两人相识于巴黎,定下委托谋杀的密约。

根据密约,永原翠于十二月四日下午在福冈毒害了吉见教授。

但警方尚未查明大湖浩平答应永原翠的交换条件是什么。鉴于永原翠的性格和立场,两人极有可能定下了交换谋杀的密约,即大湖也要杀害她指定的人。然而搜查本部高度怀疑,他并没有履行契约,而是狡猾地除掉了交换谋杀的同谋,永绝后患。

四月六日傍晚,神奈川县警认定大湖浩平是永原翠谋杀案的重要知情人,正式发布通缉令。

同日下午,福冈J大学医学院的教授大会决定在五月十日选举卫生系新任教授。

现任副教授大湖当选本已是板上钉钉。因为他对南平食品公害事件的见解已是广为流传的既成事实,赢得了公众和媒体的大力支持,吉见教授与商家的勾结也因此大受抨击。

而他最有力的竞争对手——鹿儿岛某私立大学的卫生学教授也因健康问题婉拒了J大的邀请。

助教山田像当初对吉见教授那样,恭候大湖回到大学。他始终相信,自己的态度出自真心。

然而,四月三日晚在芦之湖畔密会永原茜后,大湖浩平就没有再回过福冈。

六日傍晚,警方发布通缉令时,他正独自伫立在东京机场国际大厅的一角。

走北线前往巴黎的航班,将在一个半小时后起飞。

他呆望着大厅的人潮,表情空洞,与平时判若两人。他的意识中，唯有尚塔尔公馆的黑暗和在窗外肆虐的呼啸狂风。

他必须再一次坐上那间酒廊的扶手椅，用五感细品那晚降临的幻影究竟为何物……

但直觉告诉他，他永远都回不到那里了。

并非他的悲观主义作祟。

而是因为，幻影本就无法握入掌中……

第三个女人 ────────── だいさんのおんな

解说
深野治

人世间总有只能用命中注定来形容的邂逅。也许"浪漫"，正是寻求这种宿命邂逅的心路历程。

　　在浩瀚的宇宙中，两颗星球的轨迹被无形的力量所吸引，交会于深邃黑暗的某处，瞬间迸发出犀利而哀切的光芒……《第三个女人》就是这样一部浪漫作品。虽然夏树静子的推理小说常被打上"社会派"的标签，但在笔者看来，浪漫主义作家才更接近她的本质。这一点在本作中体现得淋漓尽致。

　　素不相识的一对男女邂逅于巴黎郊外的巴比松村，邂逅于俯瞰枫丹白露森林的古旧小旅馆的幽暗中。若只有邂逅，也不过是旅途中的冒险而已。但他们赌上了人生的全部重量，紧紧结合。而且四周尽是深秋的黑暗，唯有隆隆雷鸣。他们肌肤相触，沉浸于"转瞬即逝的、神圣的陶醉和疯狂的感觉"，却始终没看到对方的长相……

　　充满浪漫气息的情节引人入胜，让笔者不由得想起了陀思妥耶夫斯基的《罪与罚》。

　　源自巧合的邂逅宛若上天的启示，让他们道出了深埋心底的秘密——他们身边都有"死有余辜"之人。

　　"因为她就不该活着。她心冷如冰，傲慢自负……正是这份傲慢，让她在两年前杀害了一个人。从那天起，我不停地告诫自己，必须杀了她……"

　　"那你肯定能理解我的感受，明白我为什么想杀了他。人有万千罪孽，但最不可饶恕的莫过于折磨天真可爱的孩子——《卡拉马佐夫兄弟》里不是有一段伊凡和阿辽沙探讨上帝的情节吗？阿辽沙是无比虔诚的修士，但当伊凡质问他该如何惩罚那些残酷虐杀纯真孩童的人时，阿辽沙脱口而出的是'枪毙'二字！没错。这个世界上，确实存在一些绝对不可饶恕的人。"

　　交换谋杀的契约就此成立。但作者小心翼翼地为其设定打下基础——这场交换谋杀并非委托谋杀的单纯对调，而是基于默契的相互履行。正因为如此，发生在这个故事中的谋杀才是建立在正义和爱的确信之上的浪漫。

　　《罪与罚》中的谋杀也建立在对正义的确信上。所谓交换谋杀通常以利益交换为前提，对调执行人是为了保护个人利益，掩饰罪行。但本作中的谋杀与《罪与罚》一样，基于对正义的确信；而且本作中的正义显然有"社会正义"的一面，还附带了足以撑起人生的，精神世界深处的自我实现。两者拧成了一股牢固的编绳。

紧接着，在确信的基础上犯下杀人罪的人将要面对的"罚"也以严峻的面貌呈现在读者眼前。故事逐渐走向悲剧也是在所难免的。

在夏树静子的作品中，《第三个女人》的浪漫元素尤其鲜明，而罪与罚的针锋相对也是其作品频频涉及的主题。其首部长篇作品《天使在消失》中的人物犯下的罪行，也是其人生中唯一的选项，有着痛切的必然性。

在别无选择的时候，哪怕这种行为将不可避免地带来惩罚，也只能去做。我们完全可以说，小说世界的成功与否，就取决于这份凝重能在多大程度上说服读者。夏树的作品之所以会透出沉重的哀切，正是因为作者在字里行间注入了对人生的强烈祈求。

夏树老师曾在一九七六年夏天巡游欧洲。这段经历也是本作升华成浪漫作品的关键。短篇小说《罗马快车谋杀案》也是旅行的成果之一。夏树老师在作品中欢快地描述了乘坐经典线路罗马快车的兴奋，而同一时期的体验也被细致地运用在了本作对巴黎郊外风景的刻画中。被枫丹白露森林环绕的酒店堪称宿命邂逅的绝佳舞台。

春夏秋冬……季节的流转也是夏树作品的重要特征，为情节投下了细腻的阴影。

夏树老师如此描写主角邂逅的巴黎郊外：

巴黎东南部这片以动人的红叶著称的森林也已改头换面，放眼望去尽是秃树和针叶树，好不萧瑟。轮廓模糊的浅褐色小团许是七叶树与菩提树。其余的便是冷杉、紫杉和柏树簇生而成的暗绿色，带了点扎眼的黑。

深秋时节，万物即将沉睡。而在呼啸的风暴中，爱的邂逅牵出转瞬即逝的耀眼曳光——正是这样的对照，谱写了震撼力十足的序曲。

然后是初冬十二月——第一起谋杀发生在"红日西斜，海面泛起冰寒的青灰色，白浪四溅"的日子。默契的执行，以玄界滩荒凉的冬日景色为背景。

第二起谋杀始于一月，但风景依然昏暗。地点换成箱根——

乌云低垂，仿佛随时都会下雪。气温很低，湖边的马路上也是车辆稀少。

湖面、逼近弯曲湖岸的原生林、开垦过的山坡上的枯树丛、环绕背后的群山……目光所及的一切，都笼罩在深灰蓝色的霜冻色调中。林中残雪点点。富士山本应出现在芦之湖的东北边，却连模糊的轮廓都未曾显现。

杀人是为了执行"上天赐予的纯粹和勇气"。渴望重逢，魂牵梦萦，对方却跟风景中的富士山一样，"连模糊的轮廓都未曾显现"。夏树作品中的风景描写往往巧妙地对应着故事的进展，而在这部浪漫悬疑作品中，作者更是将这一手法用得炉火纯青。

"执行"进入下个阶段。三月的舞台也是箱根。我们不妨对比一下现实的风景和凶手的心境。

坐落于宽阔山坡的别墅区笼罩在远超大湖想象的阴沉寂静之中。厚重的乌云遮天蔽日，不时有大片的雪花缓缓飘落。近乎日暮时分的昏暗早早降临。四下几乎无风，山里的空气冰寒刺骨。

　　（中略）寒气自脚下渗了上来。鞋中的趾尖失去了知觉。连心都冻住了大半，如坠真空。一切都那么不真实，仿佛精神飘出了肉身，浮游于半空。比起行动之前的紧张和恐惧，更多的是灵魂被逐渐吸走一般的孤独。

　　当主人公被"超越了一切世俗和日常、寻求真正的纯粹与永恒的诗人般的灵魂"主宰，正要除掉"绝对不可饶恕的人"时，神明赐予了他什么呢？"山里的空气冰寒刺骨"，纯粹之人所得到的，是"灵魂被逐渐吸走一般的孤独"。

　　这不正是潜藏于犯罪小说深处的重大主题吗？笔者甚至敢断言，夏树作品内涵的深邃与宽广，正来源于作者时刻凝视关乎人类存立的重大命题的态度。

　　而当主人公越过决定性界限时，字里行间点缀着无上幸福的陶醉。"四周已逐渐披上了淡淡的早春暮色。被冬日枯树覆盖的远处山坡似乎多了一层依稀可辨的浅粉色薄膜，许是枝丫吐新的预兆"……作者在风景与行为的严重错位中，精准刻画了被选中的人的滔天谬误。

　　笔者不愿轻易使用"谋杀美学"这样的字眼，但纯粹的主人公毫不怀疑"自己在那个上天注定的时刻碰触到了'永恒'"，还高呼"除此之外，人世间还有什么可信的呢？"。为形象地刻画他的行为，作者安排了树木在早春吐出新芽的远景，这份周到让人拍案叫绝。

还得提一提《第三个女人》这一标题。

悬疑爱好者定会联想到阿加莎·克里斯蒂的《第三个女郎》（一九六六年）。作者当然也考虑到了这部作品的存在，并在此基础上刻意选择了相同的标题。

为什么？对比一番便知，夏树老师的《第三个女人》绝不是在模仿克里斯蒂的作品。（顺便一提，夏树老师还有一篇短篇小说《有两个丈夫的女人》。本作致敬了帕特里克·昆汀的《有两个妻子的男人》，同样出色。）

在夏树老师的《第三个女人》中，"第三个女人"的身份直到最后才被揭晓，好似琴弦突然绷断，发出刺耳的响声。但克里斯蒂的《第三个女郎》几乎是一开篇就对"the third girl"做了解释——"先有一个女郎租下一个带家具的公寓，接着再分租出去。第二个女郎通常是她的朋友。然后她们会登广告寻找第三个女郎，如果她们没有熟识的朋友的话。就如你所见，经常需要再挤进去第四个女郎呢。"

标题相似，内容不同，不过笔者还是想起了《第三个女郎》中的一段。虽然略长，但与推理小说的创意和品味方法有关，请容许笔者稍加引用。下文中的"他"就是大家耳熟能详的赫尔克里·波洛。

这顿美食让他颇为满意。口腹之欲得到了抚慰，精神也相当放松，可能有点过于安逸了。他已经完成了自己的巨著，一本分析伟大的侦探小说作家的书。他大胆地评论了埃德加·爱伦·坡，也指出威尔基·柯林斯的浪漫表达中缺乏相应的手法和条理，将两位默默无名的美国作家吹捧上了天。并且，他还对该褒扬的予以褒扬，对该贬低的也予以无情的批评。他已经看过付印样了，浏览了全书，除了一堆印刷错误之外，总体来说还算不错。他从自己的文学成就中获得了很多享受；他也喜欢大量阅读那些自己不得不看的读物；当他怒气冲冲地把一本粗制滥造的书扔在地上的时候（虽然之后他总是会站起身来，把它捡起来，弄得平整了再扔进废纸篓里），他也不会感到沮丧；而当他读到一本令他感到非常满意的书的时候，他会赞赏地不停点头，这份快乐简直难以言喻。

那么现在呢？在绞尽脑汁之后，他已经享受完了一次必要且舒心的消遣。但是人不能总是这么悠闲，需要去做下一件事。不幸的是，他对于下一步可能要做什么完全没有想法。再写几本更深入的文学作品？他不这么想。一件事只要做好之后，就可以不再继续了。这就是他的人生准则。说句实话，他现在真是无聊极了。他已经沉迷于这种费神的消遣太久，这种消遣简直太多了。这让他沾染上了坏习惯，使他焦躁不安……

这正是我们看完悬疑小说后时常经历的心态。波洛会去调查案件，我们则躺在床上闭目养神，或者出去喝上一杯。那作家夏树静子呢？

将勃然涌起的创意一丝不苟地落实成大纲，在书桌前奋笔疾书。日出日落，紧张持续数日，终于写完最后一行。然后在淡淡的恍惚中思考……"那晚降临的幻影究竟为何物"。

作为一名任性的读者，想象本作可能以这种方式问世也是笔者难以言喻的快乐。

DAISAN NO ONNA by Shizuko Natsuki
Copyright © 1978 by Shizuko Natsuki
Original Japanese edition published by SHUEISHA Inc., Tokyo.
Simplified Chinese translation rights arranged with Shuichiro Idemitsu through Woodbell Co., Ltd., Tokyo.
Simplified Chinese translation rights © 2024 by China South Booky Culture Media Co., LTD

© 中南博集天卷文化传媒有限公司。本书版权受法律保护。未经权利人许可，任何人不得以任何方式使用本书包括正文、插图、封面、版式等任何部分内容，违者将受到法律制裁。

著作权合同登记号：字 18-2024-164

图书在版编目（CIP）数据

第三个女人 /（日）夏树静子著；曹逸冰译.
长沙：湖南文艺出版社，2024.9. --ISBN 978-7-5726-1946-5

Ⅰ. I313.45

中国国家版本馆 CIP 数据核字第 2024CE7453 号

上架建议：日本文学·推理小说

DI-SAN GE NÜREN
第三个女人

著　　者：[日] 夏树静子
译　　者：曹逸冰
出 版 人：陈新文
责任编辑：匡杨乐
监　　制：毛闽峰
策划编辑：陈　鹏
特约编辑：赵志华
版权支持：金　哲
营销编辑：刘　珣　焦亚楠
封面设计：贾　霆 @ 山川制本 workshop
版式设计：利　锐
出　　版：湖南文艺出版社
　　　　　（长沙市雨花区东二环一段 508 号　邮编：410014）
网　　址：www.hnwy.net
印　　刷：北京嘉业印刷厂
经　　销：新华书店
开　　本：875 mm × 1230 mm　1/32
字　　数：191 千字
印　　张：8.5
版　　次：2024 年 9 月第 1 版
印　　次：2024 年 9 月第 1 次印刷
书　　号：ISBN 978-7-5726-1946-5
定　　价：48.00 元

若有质量问题，请致电质量监督电话：010-59096394
团购电话：010-59320018